कमलेश्वर

(6 जनवरी 1932 - 27 जनवरी 2003)

हिन्दी साहित्य में कमलेश्वर का अपना विशिष्ट स्थान है। बहुप्रतिभाशाली कमलेश्वर, जितने अच्छे साहित्यकार थे, उतने ही काबिल पत्रकार और फिल्मों के पटकथाकार भी थे। उनके लेखन की शुरुआत एक सम्पादक के रूप में हुई। उन्होंने *नयी कहानी, सारिका, कथादेश,* और *गंगा* जैसी प्रतिष्ठित पत्रिकाओं का सफल संचालन किया। वे *दैनिक जागरण, दैनिक भास्कर* समाचार-पत्रों के साथ भी जुड़े रहे।

हिन्दी साहित्य में उनका नाम 'नयी कहानी आन्दोलन' में आता है। उपन्यास, कहानी, नाटक, संस्मरण, आत्मकथा, पटकथा सभी विधाओं में उनकी कलम निपुण थी। उनका सबसे चर्चित उपन्यास *कितने पाकिस्तान* था जिसे 2003 में साहित्य अकादमी पुरस्कार से सम्मानित किया गया। यह उपन्यास हिन्दी का पहला 'विश्व उपन्यास' माना जाता है। *काली आँधी, एक सड़क सत्तावन गलियाँ, समुद्र में खोया आदमी, डाक बंगला, सुबह दोपहर शाम* उनके चर्चित उपन्यास हैं।

1980 से 1982 तक वे दूरदर्शन के अतिरिक्त महानिदेशक रहे। इसी दौरान उन्होंने भारतीय टेलीविज़न पर नये-नये प्रयोग भी किये, जिसमें 'परिक्रमा' और 'महफिल' कार्यक्रम प्रमुख हैं। इसके अलावा उन्होंने दर्जनों फिल्मों की पटकथा भी लिखी। 2005 में उन्हें पद्मभूषण से सम्मानित किया गया।

काली आँधी

कमलेश्वर

राजपाल

ISBN : 9789386534118
संस्करण : 2017 © कमलेश्वर
KAALI AANDHI (Novel)
by Kamleshwar

राजपाल एण्ड सन्ज़

1590, मदरसा रोड, कश्मीरी गेट-दिल्ली-110006
फ़ोनः 011-23869812, 23865483, फैक्सः 011-23867791
e-mail : sales@rajpalpublishing.com
www.rajpalpublishing.com
www.facebook.com/rajpalandsons

जग्गी बाबू मेरे दोस्त हैं। होटल गोल्डन सन के मैनेजर। होटल के मैनेजरों के बारे में तरह-तरह की ऊँची-नीची बातें रहती हैं, पर जग्गी बाबू इस पेशे में अपनी तरह के अकेले आदमी हैं। मुझे मालूम है कि उन्होंने अपनी ज़िन्दगी को क्यों एक जगह रोक रखा है। कहने के लिए कुछ भी कहा जा सकता है। पर आदमी की तकलीफ़ की असलियत जानना शायद बहुत मुश्किल होता है।

औरों से क्या कहूँ, अब तक ख़ुद अपने घर में मैं यह साबित नहीं कर पाया कि जग्गी बाबू के भीतर एक ऐसा इन्सान बैठा हुआ है जो अपने लिए नहीं, दूसरों के लिए रोता है...सच कहूँ, तो मालती के लिए रोता है। मालती के लिए यह आदमी अपनी ज़िन्दगी को एक जगह पकड़कर बैठ गया है—न ज़िन्दगी को आगे बढ़ने देता है, न पीछे हटने देता है।

कभी आप जग्गी बाबू के कमरे में जाइये। होटल गोल्डन सन के टैरेस पर बने दो कमरों के अपार्टमेन्ट में वे अकेले रहते हैं। मैनेजर हैं, इसलिए उन्हें वहीं रहने के लिए जगह भी मिल गयी है। उनके कमरे में दो खास चीज़ें हैं, एक डिब्बा, जिसमें उनकी प्यारी बिटिया लिली के ख़त रखे रहते हैं और दूसरी है एक घड़ी, जो हमेशा बन्द रहती है। वक़्त को नापते-नापते एक दिन वह अचानक रुक गयी। जग्गी बाबू ने उसे चलाया नहीं। न उसे चाभी दी।

मैंने एक दिन उनसे पूछा था—यह घड़ी खराब हो गयी है? जब आता हूँ, हमेशा एक वक़्त पर अटकी मिलती है!

जग्गी बाबू मुस्कुरा दिये थे। फिर बोले थे—क्या यह ज़रूरी है कि घड़ी खराब हो जाये, तभी रुके! उसे किसी खास वक़्त पर ख़ुद भी तो रोका जा सकता है...

—तो इसे चलाया भी जा सकता है!

वे फिर फीकी-सी हँसी हँसे थे—तुम भी क्या बात करते हो! वक़्त चलता है...यह घड़ी चलते-बदलते हुए वक़्त को सिर्फ़ नापती है। और वक़्त को नापने की ख्वाहिश अब मुझमें नहीं है...

—तो वक़्त को बदल ही दो...

—बदलने की ताकत सबमें नहीं होती...जिनमें होती है वे...वक़्त को बदलते-बदलते ख़ुद बदल जाते हैं...वे, जिनके पास यह शक्ति है, शायद वक़्त को बदलना भी नहीं चाहते...सिर्फ़ वक़्त का इस्तेमाल करना चाहते हैं।

मैं जान रहा था कि जग्गी बाबू के भीतर की कौन-सी चोट बोल रही थी। एक तरह से कहें तो यह बहुत व्यक्तिगत चोट है पर खुली आँखों से देखें तो यह सबकी चोट है।

एक तरह से अब मैं भी राजनीति में हूँ। करीब-करीब उन्हीं दिनों से, जब से मालती जी राजनीति में आयीं। यों मैं मालती को बचपन से जानता रहा हूँ। मैं मालती जी के पिता बैरिस्टर प्रतापराय के दफ़्तर में असिस्टेंट था और वहीं से मालती जी के परिवार के साथ हमारा एक रिश्ता शुरू हुआ था। प्रतापराय जी की मृत्यु के बाद, या कहूँ कि मालती जी की शादी के बाद मेरा सम्बन्ध कुछ टूट गया। प्रतापराय जी की मृत्यु के बाद मैं उनकी जायदाद की देख-भाल करता रहा। जब मालती जी राजनीति में आयीं तो उन्होंने एक सहायक के रूप में मुझे फिर से अपने साथ बुला लिया था। तब से मैं मालती जी के साथ हूँ।

जग्गी बाबू राजनीति की बातों में नहीं पड़ते। समझते सब हैं, पर बात कीजिये तो कतराते हैं। एक बार कुरेद दिया तो चिढ़कर बोले थे—यार, तुम्हारी यह राजनीति बड़ी घटिया चीज़ है...तुम लोगों ने इसे निहायत बेहूदा बना दिया है। तुम लोग सिर्फ़

चीज़ों का बखूबी इस्तेमाल करना जानते हो!...बाढ़ आयी तो उसे इस्तेमाल करो, सूखा पड़ा तो उसे इस्तेमाल करो, कहीं कोई लड़की भाग गयी तो उसके भागने को इस्तेमाल करो...कहीं कोई मर गया तो उसकी मौत को इस्तेमाल करो...तुम लोगों ने आदमी के आँसुओं और ज़ज्बातों तक को नहीं छोड़ा...उसकी आशाओं और सपनों तक को नहीं बख़्शा...इससे ज़्यादा घटिया बात और क्या हो सकती है कि दुःखी और मुसीबतज़दा इन्सानों के सपनों तक का इस्तेमाल तुमने कर लिया...ख़ुदा के लिए, उसके सपने तो उसके लिए छोड़ दिये होते...ताकि वह अपनी बदहाली और मुसीबतों के बीच सपनों के सहारे तो जी लेता...तुमने...तुमने उसके सपनों को नारे बनाकर निचोड़ लिया! अब क्या बचा है आदमी के पास? खैर छोड़ो...कहाँ की बातें ले बैठे...

ज़्यादातर जग्गी बाबू बातों को टाल जाते हैं। मालती जी की बात करो तो भी शामिल नहीं होते, ऐसा जताते रहते हैं जैसे मालती जी से उन्हें कुछ भी लेना-देना न हो। जैसे वे उनकी ज़िन्दगी में कभी आये ही न हों।

मालती जी एक धमाके के साथ राजनीति में आयीं। सफलता की सीढ़ियाँ चढ़ती हुई। जहाँ से उन्होंने शुरू किया, वहाँ से पीछे मुड़कर देखने की ज़रूरत उन्हें नहीं पड़ी। पहला चुनाव उन्होंने म्युनिस्पल बोर्ड कमेटी का लड़ा...हंगामा बहुत हुआ। तरह-तरह की अफ़वाहें फैलीं। शायद इसलिए और भी ज़्यादा कि जग्गी बाबू खजुराहो में एक टूरिस्ट होटल चलाते थे। जब पहली बार मालती जी ने घर से बाहर कदम रखा तो जग्गी बाबू बहुत खुश थे। कोई बहस करने लगे और कहने लगे—जग्गी बाबू, इस चुनाव में तो आपको खड़ा होना चाहिए था! तो वे तपाक से कहते थे—देश के निर्माण में औरतों को भी आगे आना चाहिए। औरतें यानी हमारी आधी जनसंख्या जब तक इस तामीर में हाथ नहीं बँटायेंगी, तब तक हर काम की स्पीड आधी रहेगी...यह बेहद ज़रूरी है कि हमारे घरों की औरतें आगे आयें और हर काम में मर्दों का हाथ बँटायें...

और पहली बार जग्गी बाबू और मालती जी के पैर घर की दहलीज़ से साथ-साथ बाहर आये थे।

नौकर बिन्दा बताता था कि मालकिन बहुत डर रही थीं और जग्गी बाबू

उन्हें हिम्मत बँधा रहे थे—और स्पीच देने में क्या रखा है? ये देखो मैंने तुम्हारी स्पीच लिख दी है...इसे रट लो, बस...

मालती जी कमरे में घूम-घूमकर स्पीच रटती रही थीं और जगह-जगह पर अटककर पूछती जाती थीं—यह क्या लफ़्ज़ है?

—ये ऑक्टराय, यानी महसूल...चुँगी जो टैक्स लगाती है। पूरा सेंटेंस इस तरह बोलना—गाँवों से शहर आने वाले माल पर जो ऑक्टराय यानी चुँगी का महसूल लगता है, वह आखिर तो वही ग़रीब किसान देता है जो हमें ज़िन्दा रखता है! मेरा वादा है कि मैं अपने ग़रीब किसान और गाँववाले भाइयों के हित में इस चुँगी के महसूल को खत्म करूँगी...समझीं, यहाँ पर तालियाँ बजेंगी, तब एक मिनट रुकना और आगे यों शुरू करना...तो मेरे इस ग़रीब खजुराहो शहर के भाइयो और बहनो!

और यह क्रम जो चला तो रुकने को नहीं आया। सफलता मालती जी के कदम चूमती चली गयी। आवाज़ गूँजती रही, एक चुनाव से दूसरे चुनाव तक। चुँगी की मेम्बरी से पार्लियामेन्ट के चुनाव तक। मैंने मालती जी के हर चुनाव अभियान में हाथ बँटाया है और वे आवाज़ें अब तक मेरे कानों में गूँजती हैं जो एक दिन खजुराहो म्युनिस्पल बोर्ड के चुनाव से शुरू हुई थीं—मेरे इस ग़रीब खजुराहो शहर के भाइयो और बहनो! मेरे ज़िले के भाइयो और बहनो! मेरे प्रदेश के भाइयो और बहनो! मेरे देश के भाइयो और बहनो!

यह आवाज़ फैलती गयी। आवाज़ का दायरा बढ़ता गया। आवाज़ की गूँज गहराती गयी। और जग्गी बाबू हर बार इस फैलती आवाज़ के साथ-साथ पीछे छूटते गये। पहली बार जब मालती जी जीतीं तो शहर की जनता ने उनका स्वागत समारोह किया था। दोनों एक ही जीप पर साथ-साथ बैठकर आये थे। मंच पर मालती जी और जग्गी बाबू एक-साथ ही बैठे थे। बिन्दा मालाएँ सँभाले हुए था।

ज़िला परिषद् वाला चुनाव जीतने पर फिर स्वागत समारोह हुआ था। कारों की कतार में इस बार जग्गी बाबू पीछे आने वाली कार में थे और मालाएँ गोद में रखे बैठे थे। असेम्बली चुनाव में जीतने के बाद मालती जी बेतरह घिरी हुई

थीं। जग्गी बाबू कारों की कतार में सबसे पीछे वाली कार में थे और मंच पर जब चढ़ने लगे थे तो एक वालंटियर ने उन्हें रोक लिया था। वे अचकचाकर बोले—अरे भाई, मैं, मैं, मालती जी का...

वालंटियर ने अपने जोम में जवाब दे दिया था—हाँ, हाँ, यहाँ सभी मालती जी के घरवाले ही हैं। हटिए...नीचे उतरिये।

मेरी निगाह न पड़ती तो जग्गी बाबू अपमानित होकर सीढ़ियों से उतर ही गये होते। वालंटियर को डाँटकर मैंने उन्हें मंच पर ले आया था। कुर्सियाँ नहीं थीं तो एक मोढ़े का इन्तज़ाम करके उन्हें बैठा दिया था। वे बैठे तो रहे थे, पर बेहद बुझे हुए थे। सफल होने वाले के चारों तरफ़ कैसे मजमा जुटता है और सही लोग कैसे उससे दूर होते जाते हैं, इसका जीता-जागता उदाहरण जग्गी बाबू हैं।

उनका एलबम उठाकर देखिये। इस दुःखद सच्चाई की दास्तान तस्वीरें ही बता देंगी। तस्वीरों में से झाँकता जग्गी बाबू का हँसता खिलखिलाता और खुशी से भरा चेहरा खामोश और उदास होते-होते एक दिन बिलकुल गायब हो जाता है।

और तब वे सारा वक़्त अपने खजुराहो वाले होटल पर ही गुज़ारने लगे थे। अफ़वाहें भी फैली थीं कि जग्गी बाबू का होटल होटल नहीं, वह तो लोगों को पटाने की शिकारगाह है कि जग्गी बाबू ने अपनी बीवी को औरों के लिए छोड़ दिया है...आखिर पैसा बनाने के लिए कुछ तो करना पड़ेगा...यह साला अपनी बीवी को दाँव पर लगा बैठा है!

खजुराहो वाले होटल में उन दिनों कई बार जग्गी बाबू से मेरी बात हुई। वे दोनों तरफ़ से दुःखी थे। मालती को लेकर भी और इन अफ़वाहों को लेकर भी। और एक दिन मालती जी से उनका झगड़ा हुआ था। मालती जी ने उनसे कहा था—आप यह होटल बन्द कर दीजिये।

—लेकिन क्यों? जग्गी बाबू चीखे थे।

—इसलिए कि मैं पब्लिक में यह नहीं सुनना चाहती कि हम लोगों ने होटल को बहाना बना रखा है। कि यह होटल हमारी काली आमदनी का ज़रिया है...कि

यह गन्दे कामों के लिए इस्तेमाल होता है...इससे मेरी पब्लिक इमेज पर धब्बा लगता है...

—लेकिन मालती...जीने के लिए आमदनी का यह एक इज़्ज़तदार ज़रिया है।...

—और मेरी बदनामी का भी यही एक ज़रिया है।

—आखिर मैं कुछ करूँगा या नहीं? मुझे जीने और काम करने का हक है या नहीं...तुम समझती क्यों नहीं...

—समझती तो हूँ पर राजनीति की इस दुनिया में साफ़ चेहरे रखने के लिए बहुत नुकसान भी उठाने पड़ते हैं। और होटल का बन्द होना कोई इतना बड़ा नुकसान नहीं है कि...आप मेरी खातिर इतना भी न कर सकें।

—फिर मैं करूँगा क्या?

—क्यों, मेरे साथ मेरे काम में हाथ नहीं बँटा सकते? इतने गैर लोग साथ रहकर काम करते हैं। कितनी चीज़ों को सँभालना पड़ता है। आप दस कमेटियों के मेम्बर हो सकते हैं...गैर लोग मुझसे फ़ायदा उठा सकते हैं पर आपके लिए मैं किसी लायक नहीं?

—मैं तुम्हारा पति हूँ...फ़ायदा उठा सकने वाला गैर आदमी नहीं...मैं तुमसे फ़ायदा उठाऊँगा? सोचो, क्या बात कही है तुमने?

—कोई गलत बात तो नहीं कही। अगर एक औरत इस लायक हो जाये तो इसमें पति-पत्नी का रिश्ता...

—क्या कह रही हो तुम?

—रिश्ते कामों को आसान करने के लिए होते हैं...बेड़ियाँ डालने के लिए नहीं। सही बात यह है कि आप अभी तक मेरी इस सेवा और त्याग की ज़िन्दगी, पब्लिक सर्विस की ज़िन्दगी से अपने को जोड़ ही नहीं पाये हैं।

—सही बात कहूँ मालती। अब तुम्हें रिश्तों की ज़रूरत ही नहीं रह गयी है।...खामख्वाह इन्हें ढोते जाने से अब तुम्हें कुछ हासिल होने वाला नहीं है।

मालती ने उन्हें गुस्से से भरी आँखों से देखा था। और इतना ही बोली थीं—खैर...यह सब डिसकस करने का वक़्त मेरे पास नहीं है। चीफ़ मिनिस्टर

छतरपुर आने वाले हैं और उनके आने से पहले मुझे तमाम काम पूरे करने हैं...सात-आठ दिन छतरपुर रुककर मैं पन्ना चली जाऊँगी।

—मुझे ज़रूरत होगी तो तुम्हारे सेक्रेटरी से सब प्रोग्राम मालूम कर लूँगा।

और चलते-चलते मालती जी ने इतना ही कहा था—मैं 'होटलवाले की बीवी' कहलाती रहूँ...यह आपको गवारा है तो ठीक है!

—तो तुम किसकी बीवी कहलाना पसन्द करोगी?

—कैसी बातें करते हैं आप...मेरा मतलब आप अच्छी तरह समझ रहे हैं। मुझे उम्मीद है कि आप...

—कोशिश करूँगा।...पर जाने से पहले एक बात और कह देना चाहता हूँ। मैं सोचता हूँ लिली को किसी होस्टल में डाल दूँ ताकि हमारी रोज़-रोज़ की चटखती और टूटती हुई ज़िन्दगी की तकलीफ़ की छाया से वह अलग रह सके।

—यह हर बार लिली का वास्ता देकर मुझे कमज़ोर बनाने का ज़रिया आपने खूब ढूँढ रखा है? जब देखो तब लिली! अपनी मर्ज़ी की बात मनवाने के लिए आप हर बार लिली को आगे कर देते हैं। आइन्दा से आप लिली को पासंग बनाना बन्द कीजिये!

—मैं लिली को पासंग बनाता हूँ?

—और नहीं तो क्या?

—मालती...तुम समझती हो, मैं धमकी देता हूँ! मैं बेचारा हूँ...पर मैं कहे देता हूँ, मैं तो जाऊँगा ही, लिली को भी तुम्हारी ज़िन्दगी से कहीं बहुत दूर लेकर चला जाऊँगा...

—हूँ, फिर वही दलील! वही वास्ता देने की आदत!

—इस बार मैं करके दिखा दूँगा...तुम समझती हो, मुझमें कुछ भी करने की शक्ति नहीं रह गयी है!

—काश! वह दिन देखने को मिलता!

—ठीक है! ठीक है!...जग्गी बाबू गुस्से से उफन रहे थे—मैं लाचार नहीं हूँ। मेरी बच्ची लाचार नहीं है...

तभी दरवाज़े पर दस्तक हुई थी। मालती जी समझ गयी थीं कि उनका सेक्रेटरी जगतसिंह होगा। घड़ी पर नज़र डालकर उन्होंने इतना ही जग्गी बाबू से कहा था—अब ये नाटक बन्द कीजिये...बहुत बार देख चुकी हूँ...और एकदम प्रकृतिस्थ होकर उन्होंने जगतसिंह को आवाज़ दी थी—यस कम इन...और ऐसे हो गयी थीं जैसे कुछ हुआ ही न हो।

जगतसिंह कुछ ज़रूरी तार लेकर आया था। डायरी उसके हाथ में थी। मालती जी तारों को देखती रही थीं और जग्गी बाबू चुपचाप कमरे से बाहर निकल गये थे।

और इस दिन के बाद सब कुछ एकदम तहस-नहस हो गया था। हम छतरपुर पहुँचे थे। मालती जी का दो हफ़्ते का दौरा था। उन्हें महिला सेवादल का गठन करना था। तारीफ़ करूँगा मालती जी की भी। पूरे दौरे में कभी पता नहीं लगा कि वे कितना बड़ा तूफ़ान मन में दबाये हैं। आखिर अपनी बच्ची का खयाल तो उन्हें आता ही होगा।

उनके नौकर बिन्दा ने छतरपुर आकर खबर दी थी कि जग्गी बाबू ने खजुराहो के होटल में तीसरे दिन ही ताला डाल दिया था और लिली को लेकर वे कहीं चले गये थे। एक क्षण के लिए वे उदास हुई थीं। उन्होंने आँखें बन्द करके अपने आँसू छुपाये थे और बच्चों के अनाथाश्रम की नयी इमारत का उद्घाटन करने चली गयी थीं।

अनाथाश्रम में तीस-चालीस बच्चे थे। खपरैल की छोटी-सी इमारत थी। अनाथ बच्चों का अपना बैण्ड था और वे बच्चे मालती जी के स्वागत में, उनके पहुँचते ही प्रार्थना गाने लगे थे—

वह शक्ति हमें दो दयानिधे, कर्तव्य मार्ग पर डट जावें

परसेवा, पर उपकार में हम जगजीवन सफल बना जावें

हम दीन दुःखी, निबलों, विकलों के सेवक बन सन्ताप हरें

जो हैं अटके, भूले भटके, उनको तारें हम तर जावें...

मालती जी की आँखों में रह-रहकर आँसू आ रहे थे और वे छोटे-छोटे बच्चों को प्यार से रह-रहकर चिपका लेती थीं। एक फ़ोटोग्राफर बार-बार फ़ोटो ले रहा था और वहाँ जमा हुए लोग मालती जी की ममता देख-देखकर द्रवित और प्रसन्न हो रहे थे। उनके चेहरों पर मालती जी की ममता के लिए प्रशंसा की चमक थी। पर मैं जान रहा था कि यह कौन-सी हलचल थी...और मालती जी की आँखें रह-रहकर क्यों नम हो रही थीं! पर तारीफ़ करूँगा उनकी...कि कितना उन्होंने अपने को सँभाला था और अपने एकांतिक दुःख को वे कैसे चुपचाप पी रही थीं।

मुझे दिखाई दे रही थी—एक ट्रेन! उसमें बैठे हुए जग्गी बाबू और मासूम लिली! यह तो पता नहीं, वह ट्रेन कहाँ जा रही थी, पर इतना मालूम था कि वह ट्रेन मालती जी से कहीं दूर, और दूर भागती जा रही थी।

और शाम को ही महिला सेवादल का गठन होना था। दोपहर का अनाथाश्रम वाला वह क्षण गुज़र चुका था। और मालती जी ने अपने को सँभाल लिया था। मैं एक कुर्सी पर चुपचाप बैठा सब देख रहा था।

महिलाओं की मीटिंग में वे बोल रही थीं—आप बहनें कहती हैं कि आपको वक़्त नहीं मिलता! मैं ख़ुद कभी नहीं कहती कि आप अपने घर-परिवार और पति की खुशियों की कीमत पर राजनीति का काम करें। यह ज़रूरी है कि परिवार और पति की पूरी परवाह की जाये...समाज की खुशी का असली आधार यही है...अगर मैं अपना उदाहरण पेश करूँ तो आप क्या कहियेगा! कौन कह सकता है कि मेरा परिवार और पति सुखी नहीं हैं! और मैं समाज के कामों के लिए भी पूरा वक़्त निकालती हूँ—तो बहनों, हमें एक महिला सेवादल बनाना है...मुख्यमन्त्री महोदय कल नगर में आ रहे हैं और उन्हें दिखाना है कि हम महिलाएँ भी अपना मोर्चा सँभाले हुए हैं...आने वाले चुनावों में हमें बहुत काम करना है...मैं चाहूँगी कि कम-से-कम तीस महिलाएँ आगे आयें और दल का निर्माण करें...तो पहला नाम किसका लिखा जाये?

कई हाथ एकाएक उठे थे और मालती जी ने एक की ओर इशारा करके

पूछा था...आपका नाम? उत्तर मिला था–लक्ष्मी अग्रवाल!

और मैंने वहीं बैठे-बैठे जैसे देखा था–पंचमढ़ी पब्लिक स्कूल की प्रिंसिपल के सामने जग्गी बाबू और लिली बैठे थे? प्रिंसिपल ने पूछा था–यस माई चाइल्ड, वाट्स योर नेम!

–लिली!...लिली ने तुतलाते हुए कहा था।

–वेरी स्वीट नेम! लिली! सो यू विल लिव विद अस हियर?

–यस! लिली बोली थी।

और वापसी का सफ़र। जग्गी बाबू लिली को स्कूल में दाखिल करा के लौट आये थे। उनकी आँखें नम थीं। वे बार-बार खिड़की के शीशे को साफ़ कर रहे थे ताकि बाहर देख सकें, पर पानी की परत खिड़की के शीशे पर नहीं, उनकी आँखों पर छायी हुई थी। उन्होंने आस्तीन से आँखें सुखा ली थीं। लेकिन वह वापसी का सफ़र घर-वापसी का नहीं था। वे खजुराहो लौट कर नहीं आये थे। सीधे भोपाल चले गये थे।

~

मैं किस की तारीफ़ करूँ? किसे दोष दूँ? किसे गलत या सही कहूँ? एक तरफ़ जग्गी बाबू हैं और दूसरी तरफ़ मालती जी। और लिली? वह बेचारी तो अबोध है। जग्गी बाबू की तकलीफ़ गहरी है तो मालती जी की महत्वाकांक्षा भी उतनी ही गहरी है। जग्गी बाबू का दुःख गहरा है तो मालती जी का दुःख भी कम गहरा नहीं है। दोनों ने अपने को बहुत सँभाला है। मालती जी के चेहरे पर कभी शिकन नहीं दिखाई दी। जग्गी बाबू ने कभी शिकायत नहीं की। कभी बात भी करो तो वे टाल जाते हैं। सफलता कितनी क्रूर होती है, कितनी ज़ालिम होती है, इसका नशा कितना गहरा होता है, और ख़ुद अपनी सफलता में व्यक्ति कैसे कैद हो जाता है, इसका जीता-जागता उदाहरण हैं मालती जी। दुःख और त्याग कितना ज़ालिम होता है और इसमें व्यक्ति कैसे बुझ जाता है, इसका ज्वलंत उदाहरण हैं जग्गी बाबू!

मुझे वे दिन याद हैं जब मालती जी और जग्गी बाबू का मिलना-जुलना शुरू हुआ था। यह बात भी खजुराहो की है। यों प्रतापराय जी दिल्ली में रहते थे, अपने पेशे की ज़रूरतों के लिए। लेकिन बीच-बीच में वे छुट्टी निकालकर अपने घर छतरपुर आते रहते थे। जग्गी बाबू खजुराहो के रहने वाले हैं। उनका पुश्तैनी मकान वहीं है। एक बार घर के लोग खजुराहो गये हुए थे। रुकने का इन्तज़ाम जग्गी बाबू के घर पर ही हुआ था। पूरा इलाका—पन्ना, रीवां, मैहर वगैरह। घूमने का इन्तज़ाम वहीं से हुआ था। तब मालती जी की उम्र उन्नीस-बीस साल थी। अगले साल वे पढ़ाई के लिए विदेश जाने वाली थीं।

जग्गी बाबू की हवेली के पास, खजुराहो के मन्दिरों के नज़दीक जहाँ बड़ा तालाब है, वहीं पर गुलाब का एक बाग है। काम कुछ करने के लिए था नहीं, मैं तालाब में बंसी डाले बैठा था। पीछे खजुराहो के मन्दिर थे और बीच में गुलाब बाग। उस बाग में कोई कुछ बातें कर रहा था—ये गुलाब लाल क्यों हो जाते हैं? किसी लड़की की आवाज़ थी।

—असल में ये पीले होते हैं...यादों से भरी कोई आँखें जब इन्हें लगातार ताकती रहती हैं, तो ये लाल हो जाते हैं! लड़के की आवाज़ थी।

—सच! लड़की बोली।

—हाँ, और इन्हें यादों-भरी आँखें देखना छोड़ दें, तो ये फिर पीले पड़ जाते हैं! लड़के ने कहा था।

—सच! लड़की बोली थी।

—हाँ!

—तो मैं एक पीला गुलाब तुम्हें देती हूँ...देखूँगी, यह लाल होता है या नहीं?

—नहीं, तुम्हारे जूड़े में ये पीला गुलाब लगाऊँगा...जब तुम छतरपुर पहुँचना, तब देखना। मेरी ये यादों-भरी आँखें इसे ही ताकती रहेंगी और यह लाल हो जायेगा!

—सच! लड़की बोली थी।

मैंने मुड़कर देखा था। सूरज का लाल गोला मन्दिरों के पीछे डूब रहा था और मालती तथा जग्गी बाबू गुलाब बाग से निकलकर लक्ष्मण मन्दिर की ओर जा रहे थे। मालती के जूड़े में एक बड़ा-सा पीला गुलाब लगा था।

फिर हर रोज़ एक पीला गुलाब मैंने मालती जी के जूड़े में देखा था, जब तक हम खजुराहो रुके थे।

छतरपुर लौटे तो प्रतापराय जी आये हुए थे। मालती जी के विदेश जाने की बातें शुरू हुई थीं, पर मालती जी ने दृढ़ता से कह दिया था—मैं कहीं नहीं जाऊँगी.मैं भारत में ही रहूँगी!

प्रतापराय जी ने मालती जी को बहुत समझाया था—तुम्हें अपने कैरियर का भी खयाल करना चाहिए। शादी तो कभी भी कर सकती हो...पर कैरियर बनाने का वक़्त आदमी के पास ज़्यादा नहीं होता।

लेकिन मालती जी नहीं मानी थीं और मालती जी की इच्छा के मुताबिक ही उनकी शादी जग्गी बाबू से हो गयी थी और दो-तीन साल उनकी जायदाद की देख-भाल मैंने की थी, उसके बाद जब मालती जी ने राजनीति के क्षेत्र में कदम रखा था, तो मुझे खजुराहो बुला लिया था। तभी से राजनीति की दुनिया से मेरा परिचय हुआ और मालती जी के सिर सफलता का जो पहला सेहरा बँधा, वह आज तक तो उतरा नहीं। सफलता उनके कदम चूमती चली गयी और यह सफलता कुछ इस रफ़्तार से आयी कि उनकी और जग्गी बाबू की ज़िन्दगी को तोड़ती, छोड़ती निकल गयी।

बीच के कई बरस इसी नशे में निकल गये। जग्गी बाबू भोपाल में जाकर गोल्डन सन के असिस्टेंट मैनेजर हो गये। फिर बढ़ते-बढ़ते मैनेजर हुए और वहीं रहने लगे। लिली पंचमढ़ी में पढ़ती रही। उसे अपनी माँ से मिलने का मौका ही नहीं मिला और मालती जी चुनाव जीतती-जीतती एक दिन मिनिस्टर हो गयीं!

बीच के कुछ बरस खामोशी के बरस हैं। या यों कहिये कि मालती जी की सफलता के बरस हैं और जग्गी बाबू तथा लिली के लिए अकेलेपन के बरस हैं। मालती

जी में अद्भुत आत्मशक्ति और धीरज है। ऐसे मौके बहुत कम आये हैं जब उनकी व्यक्तिगत ज़िन्दगी के दर्द का एहसास किसी को हुआ हो। लिली को लेकर भी उन्होंने कभी ज़्यादा बात नहीं की। शायद उन्हें भरोसा था कि ज़िन्दगी में वे जब भी चाहेंगी, लिली को भी जीत लेंगी। ताज्जुब यही होता था कि जग्गी बाबू को जीतने की बात कभी उनके मन में नहीं आयी। फिर जीतते जाने तथा वक़्त आने पर जीत लेने का आत्मविश्वास उनकी बड़ी शक्ति रही है।

लोकसभा के चुनावों के लिए जब उन्हें भोपाल क्षेत्र मिला और बातें हुईं कि हमें अभी से कुछ प्रभावशाली लोकल सामाजिक और राजनीतिक लोगों से वहाँ सम्पर्क करना चाहिए, तो उसी 'जीत' वाले आत्मविश्वास से मालती जी ने कहा था—उन्हें जीत लेना मुश्किल नहीं होगा। वक़्त आने दीजिये...अभी से अगर उन लोगों को यह अन्दाज़ हो गया कि हमें उनकी ज़रूरत है तो उन्हें जीतना मुश्किल हो जायेगा! उन लोगों को यह एहसास होना चाहिए कि उन्हें हमारी ज़रूरत है।

...सचमुच कितना धीरज चाहिए...'वक़्त आने दीजिये! उन्हें जीतना मुश्किल नहीं होगा!' मालती जी की यह नीति बेहद सफल साबित होती रही। वक़्त! ज़रूरत! और जीत! इन तीनों बातों पर ही वे टिकी हुई थीं। वक़्त की नब्ज़ को वे पहचानती थीं। और ज़रूरत के हिसाब से वे सब तय कर लेती थीं, उनकी यही शक्ति थी और इसी शक्ति में उनकी जीत निहित थी।

भोपाल क्षेत्र मिलने के बाद जब हमारा पहला काफ़िला वहाँ पहुँचा तो सारी ज़िम्मेदारी मेरे सिर पर थी, क्योंकि मेरा परिवार भोपाल में ही रहता था। मैंने पुराने भोपाल में एक बँगले का इन्तज़ाम कर लिया था और चुनाव कार्यालय का बोर्ड लटका दिया था। धीरे-धीरे कार्यकर्ता आने शुरू हुए। कुछ लोकल लोग भी आये और हमारी जोड़-तोड़ शुरू हो गयी। मालती जी एक दिन के लिए आयीं और अपने कैंडीडेट होने का कागज़ भरकर चली गयीं। उनके जाने से पहले ज़िम्मेदार कार्यकर्ताओं की एक मीटिंग हुई। इस बात पर गौर किया गया कि जाति के हिसाब से चुनाव-क्षेत्र में किसकी अक्सरियत है और चुनाव लड़ने के पैंतरे क्या

होंगे। उस छोटी-सी अन्तरंग मीटिंग का उन कार्यकर्ताओं पर भी बहुत असर पड़ा, जिन्होंने मालती जी को इतने पास से पहली दफ़ा देखा था, जब उन्होंने कहा—देखिये, हमें विरोधी दलों के हथकण्डे नहीं अपनाने हैं। चुनाव एक पवित्र कार्यक्रम है! हम जनता के पास अपना असली कार्यक्रम लेकर जायेंगे और जनता की समझ पर ही निर्भर करेंगे! पैंतरेबाज़ी और उठा-पटक का सवाल नहीं है। हम जातियों के आधार पर भी चुनाव नहीं लड़ेंगे, क्योंकि हमारी नीति किसी खास जाति के लिए नहीं है, पूरी जनता के लिए है!

छोटे-छोटे कार्यकर्ता वाह-वाह करने लगे थे। मालती जी की यही विशेषता थी और यही बड़प्पन, जिसके सामने उनके विरोधी बौने हो जाते थे।

चुनाव कार्यालय में एक पूरी फ़ौज जमा हो चुकी थी। खाने-पीने का इन्तज़ाम रामनारायण के हाथों में था, इसलिए हमने उनका नाम फिलहाल भण्डारी रख लिया था। चुनाव कार्यालय में किचन चालू हो गया था और बेकार के लोग भी बहुत भरे रहते थे।

बिन्दा, मालती जी का विश्वस्त नौकर, परेशान था कि वे खाना क्या खायेंगी, मालती जी के लिए अच्छा खाना आ जाये। बिन्दा मुझे रास्ते में जाता मिल गया था। तभी एकाएक मुझे याद आया था और मैंने पूछा था—गोल्डन सन जा रहे हो?

—भण्डारी बाबू ने वहीं से खाना लाने को बताया है!

—पता है, जग्गी बाबू आजकल वहीं मैनेजर हैं!

—कौन, अपने मालिक...! बिन्दा की आँखों में एक चमक आयी थी...बहुत दिन हो गये, मालिक को देखा भी नहीं। उनको नमस्ते भी करता आऊँगा!

और बिन्दा जग्गी बाबू का कमरा पूछकर नमस्ते करने गया था।

—अरे बिन्दा! तू यहाँ कैसे? जग्गी बाबू ने आश्चर्य से पूछा था।

पुरानी यादों से बिन्दा भर गया था और उसने जग्गी बाबू के पैर छू लिये थे। जग्गी बाबू कुछ अचकचाए थे। इतना ही बोल पाये थे—ठीक है, ठीक...यह पैर छूने की आदत कब से पड़ गयी? अच्छी तरह तो है!

—बहुत अच्छी तरह हूँ मालिक। आपका आशीर्वाद है! बिन्दा ने उमड़ते प्यार और अपनी स्थिति के हिसाब से कहा था।

मालती जी ने जब खाना शुरू किया तो कागज़ की एक प्लेट में लहसुन की चटनी भी निकाली थी। मुझे मालूम है, मालती जी को लहसुन की चटनी बहुत पसन्द है और गोल्डन सन जैसे बड़े होटलों में ऐसी चटनी नहीं बनती। यह जग्गी बाबू ने खास तौर से बनवाकर रखवाई होगी। मालती जी ने अनजाने में ही कहा था—अरे बिन्दा, इतने बरसों बाद इस लहसुन की चटनी का ध्यान तुझे कैसे आ गया?

—आपको पसन्द आयी! भण्डारी ने खीसें निपोरकर पूछा था।

—यह मेरी वीकनेस है!...घर पर यह चटनी नहीं बनती थी तो नौकरों पर डाँट पड़ती थी। अरे इस बिन्दा ने कितनी डाँट खायी है इस चटनी के लिए! पूछिये इससे...वे कहती रहीं और हँसती रहीं—इस ज़िन्दगी में जब से आयी...न जाने कितनी चीज़ों की याद तक नहीं रही। सामने पड़ जाती हैं तो ध्यान आता है...भण्डारी जी, अरे क्या नाम है आपका रामनारायण जी, मैं यहाँ रहूँ तो चटनी ज़रूर मिलती रहे...कहकर वे अन्य ज़रूरी बातें करती रहीं।

बातचीत के दौरान बिन्दा ने अपने उत्साह में यह बताने की कोशिश भी की कि यह लहसुन की चटनी खासतौर से बनवाकर जग्गी बाबू ने रखवा दी थी, पर मौका ठीक न समझकर मैंने बिन्दा को आँख के इशारे से मना कर दिया था। भण्डारी बाबू भी चाहते थे कि चटनी का श्रेय उनके नाम ही रहे।

तमाम कार्यकर्ताओं पर मालती जी के भव्य व्यक्तित्व और उनकी बातों की पावनता का असर साफ़ ज़ाहिर था। टी. टी. नगर क्षेत्र के अमज़दअली मिर्ज़ा तो पागल ही हो गये थे। बाहर उन्होंने ऐलान कर दिया था। ऐसे पाक-साफ़ और उसूलों पर चुनाव लड़ने वाले हमारे रहनुमा को कौन हरा सकता है! हमारी जीत तो अभी ही हो गयी। भाइयो! हमारी जीत हो गयी!

चलते-चलते मालती जी ने मुझे अलग बुलाकर एक आदेश दिया था—देखिये, इस चुनाव-क्षेत्र में बनियों की अक्सरियत है। खासतौर से शहरी इलाकों में। गाँवों के जो इलाके हमारे क्षेत्र में हैं, उनके ग़रीब किसानों को भी यही बनिये वक़्त-ज़रूरत रुपया वगैरह कर्ज़ देते हैं—यानी उन इलाकों में भी इनकी बाँहें फैली हुई हैं। इसलिए ज़रूरी है कि बनियों के बीच से भी कोई कैंडीडेट इस चुनाव में खड़ा हो...

—यह आप क्या कह रही हैं? मैंने बेहद ताज्जुब से कहा था—यह तो अपने पैर में ख़ुद कुल्हाड़ी मारना होगा...कुछ सोचिए तो...

मालती जी मुस्कुराने लगी थीं। वह धीरज और आत्मविश्वास उनके चेहरे पर था। बगैर किसी तनाव के उन्होंने कहा था—सुनिये, मेरी बात सुनिये...बनियों में लाला दीनानाथ का बहुत असर है। आप उन्हें तैयार कीजिये कि वे चुनाव के मैदान में आयें...पर्चे परसों तक दाखिल हो सकते हैं...

—लेकिन...मैं अचम्भे में था।

—वक़्त आने दीजिये...जो कह रही हूँ वह करने की कोशिश कीजिये। समझे! मालती जी का वही ब्रह्मास्त्र—वक़्त आने दीजिये...

कुछ देर बाद सारी बात मेरी समझ में आ गयी थी और मैं मालती जी की अक्ल का लोहा मान गया था। उन्होंने अपने उसी लहज़े में सब समझा दिया था—देखिये, हम जातिवाद के सहारे चुनाव नहीं लड़ेंगे यह बात साफ़ है। पर सच्चाई को भी देखिये। चुनाव मैदान में इत्तफाक से बनियों का कोई अपना कैंडीडेट नहीं है। लाला दीनानाथ के खड़े होते ही सारे बनिये उनके इर्द-गिर्द जमा हो जायेंगे... यह शर्तिया होगा, क्योंकि लोगों के मन में अपनी जाति के लिए लगाव होना लाज़िमी है। लाला दीनानाथ के खड़े होते ही सब बनिये एकजुट हो जायेंगे और उनका समर्थन करेंगे...

—लेकिन इससे तो हमें नुकसान ही होगा। मेरा शक उभर आया था।

—आप सुनिए तो, मालती जी ने कहा था—जब सारे बनिये लाला दीनानाथ के झण्डे के नीचे जमा हो जायेंगे, उस वक़्त लाला दीनानाथ चुनाव मैदान से मेरे फ़ेवर में विड्रा करेंगे! समझे आप! तब एक भी बनिया कहीं टूटकर नहीं जा सकता...

सचमुच यह बात बहुत मार्के की थी। पर एक क्षण के लिए मन में बात आयी तो मैंने हिचकते हुए पूछ ही ली थी—पर हम तो जातिवाद के आधार पर चुनाव लड़ना नहीं चाहते!

—गुरुसरन जी! आपकी अकल जैसी की तैसी है। मालती जी ने मुस्कुराते हुए कहा था। वे जब मेरा नाम लेकर कोई वाक्य शुरू करती थीं, तब मैं समझ जाता था कि अब वे मुझ पर कुछ गुस्सा हैं। पर उनकी खासियत यही थी कि बड़ी शालीनता से फिर भी बात करती रहती थीं। बोलीं—हम जातिवाद के आधार पर कहाँ चुनाव लड़ रहे हैं? मैं उनकी जाति की नहीं हूँ! हुँ...जनता के बीच काम करने वाले की कोई जाति नहीं होती...समझे आप? लाला दीनानाथ अगर अपने जाति भाइयों को अपनी मुट्ठी में ले लेते हैं और वक़्त आने पर हम लाला दीनानाथ को जीत लेते हैं तो इसमें हम कहाँ जातिवादी हो जाते हैं? बताइये! हम पर कौन इल्ज़ाम लगा सकता है इस बात का? और हम कोई गलत बात कर भी नहीं रहे हैं...

मैं कन्विंस हो गया था। बात थी भी सही। ईमानदारी और बेईमानी में चार अँगुल का भी फ़र्क नहीं है। यह सवाल चित्त और पट का है। एक ही स्थिति के ये दो पहलू हैं, अब यह आप पर है कि आप किस पहलू से देखते हैं। राजनीति यही है। और राजनीति की सफलता भी यही है कि आपका पहलू ईमानदारी से भरा और सही माना जाये।

शाम की गाड़ी से मालती जी जा रही थीं। स्टेशन पर काफ़ी भीड़ उन्हें छोड़ने आयी थी, मालाएँ लिये हुए। और वे घिरी हुई खड़ी थीं। इसी समय एक कार्यकर्ता ने मुझे बताया था—एक आदमी बिन्दा को पूछ रहा है। बिन्दा कहीं दिखाई नहीं पड़ता। ज़रा आप देख लीजिये और उसने इशारे से मुझे वह आदमी दिखा दिया था।

मैंने देखा—वह होटल गोल्डन सन का एक बेयरा था। वर्दी में। हाथ में एक बड़ा-सा पैकिट लिये था। मैं समझ गया था।

—यह मैनेजर साहब ने भेजा है। बेयरा बोला था।

—क्या है?

—रात का खाना है! बोला था, बिन्दा साहब को देना!

मैंने पैकिट ले लिया था। गोल्डन सन के रैपर में लिपटा खाना मैंने बिन्दा को थमा दिया था, जो भीतर डिब्बे में बिस्तर लगा रहा था। सूँघकर देखा था—लहसुन की महक थी या नहीं...

—खाना तो भण्डारी जी ने रख दिया है। बिन्दा बोला था—पर इसमें चटनी ज़रूर होगी! कहते हुए उसने जग्गी बाबू वाला पैकिट भी वहीं टिफिन कैरियर के पास रख दिया था।

~

मालती जी के जाने के बाद सरगर्मी और बढ़ गयी। उनके व्यक्तित्व की धाक सब पर बैठ गयी थी। चुनाव-कार्यालय में कार्यकर्ताओं की भीड़ बढ़ती जा रही थी। हम लोग शहरी और ग्रामीण इलाकों के लिए जीपों और साइकिलों का इन्तज़ाम कर रहे थे। टेलीफ़ोन जल्दी मिल जाये, इस कोशिश में लगे थे। पोस्टरों और पर्चों की छपायी हो जाये, यह भी देख रहे थे। चाहते यही थे कि पन्द्रह दिन बाद, मालती जी के आने के समय तक, सब कुछ पूरा हो जाये। हज़ार तरह के इन्तज़ाम करने थे। घर-घर जाकर काम करने वालों के लिए बिल्ले चाहिए थे। हर आदमी बिल्ला माँगने आता था। लाउडस्पीकरों और बैटरी का इन्तज़ाम होना था। चुनाव बुखार चढ़ने के बाद ये चीज़ें फिर नहीं मिलतीं। पेट्रोल टंकीवालों के पास हिसाब खोलना था। झण्डे और चुनाव चिह्न बनने थे। झण्डों के लिए बाँसों और लाठियों का इन्तज़ाम होना था। लाठियाँ इसलिए कि विरोधी पार्टियों वाले हर तरह की शैतानी पर आमादा हो सकते थे। कुछ दादा किस्म के लोगों को भी रोज़नदारी पर रखना था। मालती जी की जीप के लिए ऐसा ड्राइवर चाहिए था जो ज़रूरत पड़ने पर दादागीरी भी कर सके। मालती जी का अपना ड्राइवर सुलतान

अब इस लायक नहीं रह गया था। वोटरों की लिस्टें बननी थीं, पर्चियाँ तैयार होनी थीं। और सबसे ज़्यादा मुसीबत राशन की थी। चुनाव-फ़ौज बढ़ती जा रही थी। यों अभी इतना काम नहीं था, पर पन्द्रह-बीस रोज़ बाद ज़रूरत पड़नी ही थी, इसलिए इस वक़्त किसी से यह भी नहीं कह सकते थे कि अभी अपने घर जाओ। सबसे बड़ी दिक्कत खाने की थी। भण्डारी रामनारायण का बुरा हाल था। एक शाम तो वह हाथ झटकाकर खड़ा हो गया—राशन हो, तो भी मैं इतने बेकार के खानेवालों का इन्तज़ाम नहीं कर सकता। यहाँ क्या साला भण्डार खुला हुआ है?

बेकार के कार्यकर्ताओं में से कुछेक ने यह बात सुन ली थी। बाहर बरामदे में खुसुर-फुसुर शुरू हो गयी थी। भण्डारी अपने ज़ोम में था, चीखकर बोला—तुम नहीं जानते गुरुसरन! इनमें से कितने ऐसे हैं जो काम विरोधी उम्मीदवारों का करते हैं और रोटियाँ यहाँ तोड़ते हैं!

गुस्सा तो मुझे आया था कि ऐसे हरामखोरों को लात मारकर फेंक दूँ, पर मालती जी से मैंने बहुत-कुछ सीखा था—वही मूल मन्त्र—वक़्त! ज़रूरत! और जीत! हर काम वक़्त पर करो, जब ज़रूरत पड़े तब आदमी को या स्थितियों को इस्तेमाल करो और जीत लो। मैंने भण्डारी को समझा-बुझा दिया था, पर वह गुस्से में इतना ही कहकर चला गया था कि तो फिर राशन का इन्तज़ाम करो।

राशन की किल्लत थी, पर अपने प्रभाव और ज़ोर-ज़बर्दस्ती से हमने पूरा इन्तज़ाम कर लिया था। एक कमरा राशन से भरवा दिया था। इस काम में हमने जग्गी बाबू की मदद भी ली थी। जो कुछ इन्तज़ाम वह करवा सके, उन्होंने भी करवा दिया था। खास चुनाव के दिनों के इन्तज़ाम के लिए मैंने उनसे कह भी दिया था। उन्होंने हामी भर ली थी और हमारा एक बड़ा सिर-दर्द खत्म हो गया था।

पर चुनाव ऐसी वाहियात चीज़ है कि सिर-दर्द खत्म नहीं होता, बल्कि बढ़ता ही जाता है। राशन की कमी इस इलाके में ही क्या, पूरे देश में है। और ये विरोधी पार्टियों वाले नम्बरी शैतान लोग होते हैं। सच पूछिये तो इनका कोई ज़मीर नहीं होता। इन्हें तो बस मौका मिलना चाहिए और ये हर मौके को हँगामे में बदल देने में उस्ताद हैं।

पता नहीं कैसे, उन्हें यह सब पता चल गया...कि हमने काफ़ी राशन का इन्तज़ाम कर लिया है। हमारे यहाँ आकर खाना खा जाने वाले उनके गुरगों ने ही खबर दी होगी। एक दोपहर हँगामा हो गया। विरोधी उम्मीदवार चन्द्रसेन के पक्षधरों ने शहर-भर के फ़कीरों को जमा करके मोर्चा भेज दिया। वे आकर चुनाव कार्यालय के सामने नारे लगाने लगे—

मालती जी! हाय हाय!

हम भूखे-नंगे! हाय हाय!

मैंने उन भिखमंगों की भीड़ को शान्त करने के लिए एक छोटा-सा भाषण दिया, चुनाव-अभियानों में शामिल होते-होते इतना तो सीख ही गया हूँ—भाइयो! भूख और ग़रीबी...यह एक दिन का सवाल नहीं है! हमें यह सवाल हमेशा के लिए सुलझाना है...और यही वजह है कि हमारी पार्टी और हमारी पार्टी की उम्मीदवार मालती जी इस चुनाव के मैदान में उतरी हैं, ताकि भूख और ग़रीबी को हमेशा-हमेशा के लिए नेस्तनाबूद किया जा सके! सिर्फ़ आज शाम का खाना मिल जाने या कल सुबह का खाना हासिल हो जाने से मसला सुलझ नहीं जायेगा! यह मसला इसी से सुलझेगा कि आप अपने प्रतिनिधि के रूप में किसे चुनते हैं और वह प्रतिनिधि आपका सच्चा हमदर्द है या नहीं! वह हमदर्द ही आपकी भूख मिटाने का पुख्ता इन्तज़ाम कर सकता है! इसलिए भाइयो, आप इन टुटपूँजिये और मौके का फ़ायदा उठाकर आपको इस्तेमाल कर लेने वाले इन दगाबाज़ छुटभइयों के बहकावे में मत आइये...और चुनावों के इस पवित्र कार्यक्रम को पूरा होने दीजिये!

मुझे ताज्जुब था कि मैं यह सब कैसे बोल गया था। किराये के लोगों के पैर नहीं होते...वे सब प्रदर्शनकारी फुसफुसाते हुए लौट गये थे। और हमारे साथी जगतसिंह ने मुझे सीने से लगा लिया था—यार, तुम तो बिलकुल मालती जी की तरह बोलते हो! वही दमखम, वही इत्मीनान!

मेरी छाती दुगुनी हो गयी थी। एक क्षण को लगा था कि मालती जी यदि इस करिश्मे को देखतीं तो बहुत खुश होतीं।

पर मेरी यह खुशी चन्द घंटे भी टिकने नहीं पायी। विरोधी उम्मीदवार चन्द्रसेन ने शाम को ही एक मीटिंग में बोलते हुए बड़े गन्दे तरीके से इल्ज़ाम लगाया—मैं मालती जी और उनकी पार्टी से पूछना चाहता हूँ कि जब हमारे इस शहर के मामूली आदमी को राशन की लाइन में घंटों लगे रहने के बाद भी पेट-भर राशन नहीं मिल पाता, तब उनके चुनाव-कार्यालय में सैकड़ों बोरी अनाज कहाँ से आया है? यह काले बाज़ार से नहीं आया है तो कहाँ से आया है? तो भाइयो, भूखी और नंगी जनता अब बर्दाश्त नहीं करेगी...मालती जी के लोग यहाँ चुनाव लड़ने नहीं, मौज-मस्ती काटने और दावतें उड़ाने आये हैं...हमारे पास इस बात की भी पक्की खबर है कि काले बाज़ार से सैकड़ों बोरी अनाज का इन्तज़ाम करने में एक बड़े होटल के मैनेजर भी शामिल हैं।...जनता पूछना चाहती है कि इतना अनाज किस राशन कार्ड से आया है? जनता को यह पूछने का हक है...और मैं मालती जी को चुनौती देता हूँ और कहता हूँ कि वे दिल्ली में आराम न फरमायें, बल्कि यहाँ आकर जनता को इस बात का जवाब दें! यह जवाब उन्हें देना पड़ेगा!

सनसनी फैल गयी थी। सारा वातावरण ज़हरीला हो उठा था। विरोधी दल ने बड़ी ज़लील चोट हम पर की थी। अफ़सोस इस बात का था कि चन्द्रसेन ने जग्गी बाबू को बिना नाम लिये ही लपेट लिया था। और मुझे लगने लगा था कि आगे चलकर वह जग्गी बाबू के नाम के ज़रिये शायद कोई और गन्दगी उछालने की कोशिश भी करेगा।

मामला यहीं तक रहता तो ठीक था। पर इसके बाद तो भयानक काण्ड हो गया। मैं मालती जी को यह सब खबर देने के लिए जग्गी बाबू के होटल से फ़ोन करने गया था। रात हो गयी थी। मैंने फ़ोन पर मालती जी को सब हाल बताया तो उन्होंने हमेशा की तरह बहुत आसान हल सुझा दिया—गुरुसरन जी, आप ऐसा कीजिये...कल आधा राशन ज़रूरतमंदों में बँटवा दीजिये और कहिये कि यह इसीलिए जमा किया गया था...फिर उन्होंने डाँट भी लगा दी—यह आप लोगों को आखिर सूझी क्या? इतना राशन जमा ही नहीं करना चाहिए था। यह गलत काम है। आप लोग ख़ुद यही गलतियाँ करेंगे तो विरोधी फ़ायदा उठायेंगे ही...जो कार्यकर्ता

हैं, उनके लिए ढाबों और कम-ख़र्च होटलों में इन्तज़ाम करवा दीजिये। उन्हें खाने के रोज़ाना नकद पैसे देते जाइये। इससे जनसम्पर्क भी बढ़ेगा। चुनाव कार्यालय में किचन बन्द कर दीजिये। सिर्फ़ चाय-पानी का इन्तज़ाम रखिये! समझे! आप वक़्त-ज़रूरत के लिए थोड़ा-सा राशन पड़ा रहने दीजिये, कल तक बाकी राशन बँटवा दीजिये!

लेकिन 'कल' कहाँ आने पाया! मैं होटल से लौट ही रहा था, रात अँधेरी थी कि तभी दूर पर आग की लपटें उठती दिखाई दीं। मैं भागा-भागा पहुँचा, तब तक सब ख़त्म हो चुका था। विरोधी उम्मीदवारों के गुण्डों ने हमारे चुनाव-कार्यालय पर हमला बोलकर जो कुछ मिला, लूट लिया था, मारपीट भी की थी, और चुनाव-कार्यालय में आग भी लगा दी थी। भण्डारी रामनारायण के काफ़ी चोट आयी थी। जगतसिंह भी घायल हुए थे, कुछ और कार्यकर्ता भी। ग़नीमत थी कि सबकी जान बच गयी थी।

और सुबह शहर के अखबारों में सुर्खी थी–'नाराज़ और भूखी जनता ने चुनाव-कार्यालय में जमा अनाज लूट लिया!'

यह सरासर ज़्यादती थी। जनता ने नहीं, विरोधी उम्मीदवारों के गुण्डों ने यह सब किया था।

आखिर तीसरे दिन एक दूसरे अखबार में मैंने इस गुण्डागर्दी का पर्दाफाश किया, जिसका अच्छा असर जनता पर पड़ा। लेकिन अब दिक्कत चुनाव कार्यालय की थी। खासतौर से मालती जी की सुरक्षा की। हम एस. पी. से मिले और उन्होंने हमें भरोसा दिलाया कि ऐसी वारदातें वे भरसक नहीं होने देंगे और राय दी कि चुनाव के दौरान मालती जी के ठहरने और रहने का प्रबन्ध किसी ऐसी जगह किया जाये जो खुली हुई न हो...ज़रूरत पड़ने पर जहाँ पुलिस का इन्तज़ाम भी किया जा सके। विरोधी पार्टी के उम्मीदवारों को भी वे यही राय दे चुके हैं, क्योंकि पुलिस के लिए सबकी सुरक्षा एक-सी है!

ठीक भी था। पुलिस के लिए सब बराबर थे। और आपस में बहुत सोच-विचार करने के बाद सबसे सुरक्षित और ठीक जगह हमें गोल्डन सन होटल ही लगी थी।

चूँकि चुनाव-कार्यालय दूर नहीं रह सकता था और हमें फ़ोन की ताबड़तोड़ ज़रूरत थी, इसीलिए यह तय हुआ कि हम अपना कार्यालय गोल्डन सन होटल के एक कॉटेज में खोल लें और मालती जी के रहने का इन्तज़ाम किसी हवादार आरामदेह कमरे में कर दें–ताकि वे पास भी रहें और हर समय की भीड़भाड़ से बची भी रहें। यह इन्तज़ाम मालती जी ने भी पसन्द किया था। होटल के मालिक हमारी पार्टी के समर्थक भी थे और उन्हें यह तजवीज़ बहुत रास भी आयी थी। बाद में खर्चे वगैरह के हिसाब के सिलसिले में यह भी कह सकते थे कि होटल के मालिक नरसी सेठ ने हमें फ़्री जगह और खाना दिया था...यह सब मामले उस वक़्त उठते हैं जब हारे हुए नेता इलैक्शन पिटीशन दायर करते हैं और अदालत में इल्ज़ाम लगाते हैं कि कानूनन खर्च किये जा सकने वाले रुपये से पचास गुना ज़्यादा खर्चा किया गया है। नरसी सेठ पार्टी का आदमी था इसलिए हम खर्चे में खुलेआम बचत दिखा सकते थे। नरसी सेठ भी इस बात से खुश हुए थे कि बिना हींग-फिटकरी लगाये उनके व्यक्तित्व पर चोखा रंग चढ़ रहा था–और वे भामाशाह के खिताब के हकदार हुए जा रहे थे।

राजनीति ऐसा खेल है कि जब गोटियाँ बैठना शुरू होती हैं तो सब बैठती चली जाती हैं! खाँचे में खाँचा फिट होता जाता है।

आखिर सब सैट हो गया। होटल में पूरा इन्तज़ाम हो गया। हमारा नया कार्यालय खुल गया। लाला दीनानाथ भी हत्थे चढ़ गये। वे मैदान में आज़ाद उम्मीदवार की तरह खड़े हो गये और अपने जाति भाइयों को बँटोरने लगे। उनके चुनाव-अभियान का खर्चा हम देने लगे। अब सिर्फ़ मालती जी के आने की देर थी। सो वह भी पूरी हो गयी हमें तार मिला कि वे इतवार को आ रही हैं।

~

नरसी सेठ ने जग्गी बाबू को बुलाकर खास हिदायत दी–देखिये मैनेजर साहब! यह हमारे होटल का सौभाग्य है कि मालती जी जैसी देश की नेता हमारे

यहाँ रहेंगी और यहीं से जीत कर जायेंगी। आप खासतौर से खयाल रखिये कि उन्हें कोई तकलीफ़ न होने पाये...उनकी हर ज़रूरत पूरी की जाये...

—जी! जग्गी बाबू ने धीरे से कहा था। मैं उस वक़्त उनके दिल की हालत समझ रहा था। लेकिन मैं नरसी सेठ के सामने यह ज़ाहिर भी नहीं करना चाहता था कि जग्गी बाबू क्या हैं...जो बात ज़िन्दगी में खत्म हो चुकी थी, उसे ज़ाहिर करने से फ़ायदा ही क्या था! पर जग्गी बाबू के चेहरे पर जो पीड़ा उस समय उभरी थी, वह सिर्फ़ मैं ही समझ सकता था।

—आपने बहुत मरी हुई आवाज़ में सिर्फ़ 'जी' कहा! क्या बात है जगदीश जी! नरसी सेठ ने कुछ संशय से पूछा।

—नहीं, ऐसी कोई बात नहीं...मैं होटल का मैनेजर हूँ...और यहाँ आने वाले हर मेहमान का खयाल रखना मेरा फ़र्ज़ है...आप बेफिक्र रहें, कोई कमी नहीं होगी! जग्गी बाबू ने फटी हुई आवाज़ में काफ़ी संयम से कहा था।

—आने वाले हर मेहमान और मालती जी में बहुत फ़र्क है जगदीश बाबू। नरसी सेठ बोले थे।

—जी, मैं समझता हूँ! आप फिक्र न करें! जग्गी बाबू ने जैसे मन पर बहुत भारी पत्थर रखते हुए कहा था। जग्गी बाबू को इस हाल में देखना मेरे लिए मुश्किल हो गया था। स्थिति को सँभालने के लिए मैंने इतना ही कहा था—नरसी सेठ, सब हो जायेगा। आइये जग्गी बाबू...मैं सब सँभाल लूँगा।

पर नरसी सेठ ने मुझे रोक लिया था—आप जाइये मैनेजर साहब। गुरुसरन जी, आप एक मिनट रुक सकें तो मेहरबानी होगी।

जग्गी बाबू को इस तरह जाते मैं नहीं देख पाया था एकाएक मेरे मुँह से निकल गया था...आप ज़रा-सा रुकिये जग्गी बाबू, मैं भी चलता हूँ। हाँ, बताइये नरसी सेठ...

नरसी सेठ जग्गी बाबू की उपस्थिति से कुछ अटक गया था और यह बात जग्गी बाबू ने मार्क की थी। लेकिन फिर भी नरसी सेठ ने इतना तो कह ही दिया था—गुरुसरन जी, एक सिफ़ारिश आपको करवानी पड़ेगी...मैं जानता हूँ, मालती

जी से यह काम सिर्फ़ आप ही करवा सकते हैं...इलैक्शन हो जाने दीजिये, मुझे कोई जल्दी नहीं है।...

—जी, देख लेंगे...मैं किस खेत की मूली हूँ...और लोग हैं जो और ज़्यादा बड़े हक से कह सकते हैं। वह हो जायेगा नरसी सेठ! मैं जैसे-तैसे बात टालना चाहता था और इस दर्द भरी स्थिति से जग्गी बाबू को जल्दी-से-जल्दी निकाल लेना चाहता था। मैंने उनसे कहा था—आइये जग्गी बाबू! और हम दोनों बिना एक-दूसरे से आँख मिलाये, अपने में डूबे हुए, बरामदा पार कर आये थे।

'मालती जी से यह काम सिर्फ़ आप ही करवा सकते हैं।' यह जुमला जग्गी बाबू ने कैसे झेला होगा, मैं अन्दाज़ नहीं लगा सकता। शायद उन्हें रोककर ख़ुद मैंने गलती की थी, पर मालती जी के सन्दर्भ में नरसी सेठ के पास मेरा रुकना और उनका चला जाना भी मुझे गँवारा नहीं हो पाया था। नरसी सेठ का वह जुमला मुझे बराबर कचोटता रहा था। और अपना जुमला भी...'और लोग हैं जो और ज़्यादा बड़े हक से कह सकते हैं...' जग्गी बाबू के सामने ही ख़ुद उन्हें ही 'और लोगों' में शुमार करना कैसा लगा होगा? लेकिन मैं और कह भी क्या सकता था?...

~

मालती जी आ गयी थीं, पर वे सीधे होटल न जाकर पहले अमज़दअली मिर्ज़ा साहब के घर चली गयी थीं। बिन्दा होटल में आ गया था। उनके साथ कुछ और लोग भी थे जो चुनाव-प्रचार के लिए खासतौर से आये थे।

मालती जी के आ जाने से रौनक तो हो ही गयी थी, पर दिखावा कुछ ज़्यादा ही बढ़ गया था। हरेक यही शो करने में लगा था कि वह उनके कितने करीब है। इस दिखावे में लल्लू बाबू सबसे आगे थे। वे उनके साथ ही दिल्ली से आये थे और प्रचार-अभियान की स्कीमें सुझाने के अलावा वे यह ज़्यादा ज़ाहिर कर रहे थे कि उनसे ज़्यादा मालती जी के बारे में कोई नहीं जानता।

आते ही उन्होंने सब-कुछ जैसे हाथ में ले लिया। लल्लू बाबू खासे खुर्राट

और पुराने खिलाड़ी हैं। गंजे और गलीज़। उन्हें पसन्द कोई नहीं करता, पर बर्दाश्त सब करते हैं। सबको ताज्जुब है कि मालती जी जैसी महिला और नेता के साथ वे कैसे चिपके हुए हैं। और पहुँचते ही उन्होंने सवाल शुरू कर दिये—गुरुसरन जी, कल कहाँ-कहाँ किस-किस इलाके में मीटिंग हैं? जीपें कितनी आ गयीं? अरे भई हाँ, मालती जी के कमरे का इन्तज़ाम हुआ...चलिये, ज़रा देख लें...

—वह हो गया है। मैनेजर साहब ने सब ठीक करवा दिया है। मैंने कहा।

—देख लेने में क्या बुराई है? वे बोले।

उनकी ज़िद के कारण हमें जाना पड़ा। मुझे उम्मीद नहीं थी कि जग्गी बाबू ख़ुद वहाँ होंगे। पर वे ख़ुद सारा इन्तज़ाम देख रहे थे। रूमब्वॉय नीली चादर लगाने लगा तो जग्गी बाबू ने टोका—सफ़ेद चादरें लगाओ इन्हें हटा दो। और कमरे में 'जग' की जगह एक सुराही रखवा दी थी। जग्गी बाबू को अभी तक याद था कि मालती जी को सुराही का सोंधा पानी बहुत पसन्द था।

तब तक लल्लू बाबू ने टाँग अड़ा दी—ये डनलप के गद्दे हटवाइये! ये बैड भी बाहर करवाइये। यह सब क्या है?

—सब हो रहा है! जग्गी बाबू ने ज़रा सख़्ती से कहा।

—आपको मालूम है, मालती जी हमेशा ज़मीन पर सोती हैं। मैं कह रहा हूँ, यह हटवाइये! बाहर कीजिये! लल्लू बाबू ने बड़े अधिकार से कहा—आप लोग अपनी टाँग मत अड़ाइये। जो बताता हूँ, वह करते जाइये।

—करने के लिए यह रूम-ब्वॉय है। उसे बता दीजिये। जग्गी बाबू ने जलती हुई आँखों से उन्हें देखते हुए कहा था—और जो ज़रूरत हो, मुझे फ़ोन कर दीजियेगा! कहते हुए वे कमरे से चले गये थे।

—यह आदमी निहायत मगरूर है। कौन है यह? लल्लू बाबू ने रूम-ब्वॉय से सवाल किया था।

—मैनेजर हैं, साहब!—रूम-ब्वॉय ने कहा था और गद्दा उठाने लगा था।

—आप शान्त रहिये...मैंने लल्लू बाबू का कन्धा थपथपाते हुए बात को सँभाला था।

—यह दो कौड़ी का आदमी...सूट पहन लिया, समझता है, लाटसाहब हो गया! आपने इस होटल में इन्तज़ाम ही क्यों किया? उन्होंने मुझ पर सवाल दागा।

—मज़बूरी थी! मैंने कहा।

तभी पता चला कि मालती जी आ रही हैं। हम नीचे भागे। कुछ कारें आ चुकी थीं। कुछ आ रही थीं। नारे लगाते हुए कुछ लोग जोश से घुसे आ रहे थे—

मालती जी! ज़िन्दाबाद!

मालती जी! ज़िन्दाबाद!

खासा हुजूम हो गया था। मैंने पोर्टिको में देखा था। होटल के करीब-करीब सभी लोग खड़े थे। जग्गी बाबू नहीं थे। मैंने निगाह ऊपर डाली थी। जग्गी बाबू ऊपर टैरेस से चुपचाप सब देख रहे थे। तभी नरसी सेठ का आदमी आया था और मुझसे बोला था—मालिक ने कहा है, एक मिनट मालती जी को वहीं कॉटेज में रखिये...जब वे होटल की मेन बिल्डिंग में दाखिल होंगी, सेठ जी उनका स्वागत करेंगे!

काफ़ी देर तक मालती जी चुनाव कार्यालय वाले कॉटेज में सब चीज़ों की तफ़्सील लेती रहीं। जान-पहचान वालों से बातें करती रहीं। उनका हाल-चाल पूछती रहीं। हम सब लोग सारे प्रबन्ध के बारे में बताते रहे। तभी ख़बर मिली कि नरसी सेठ स्वागत के लिए तैयार हैं।

हम मालती जी को लेकर आगे बढ़े। होटल के सब लोग, तमाशबीन और कर्मचारी भरे हुए थे। मालती जी के लिए रास्ता बनाना पड़ा। फ़ोटोग्राफर तस्वीरें ले रहे थे। जैसे ही मालती जी मुख्य दरवाज़े की नीचे वाली सीढ़ियों तक पहुँचीं, नरसी सेठ ने उन्हें माला पहनाई थी। कर्मचारियों ने फूलों की वर्षा की थी और तब नरसी सेठ ने परिचय करवाया था—ये हैं हमारे होटल के मैनेजर मिस्टर जगदीश वर्मा!

मेरे लिए यह दृश्य हिला देने वाला था। मालती जी ने एकाएक उन्हें देखा था...जग्गी बाबू हाथ जोड़े नमस्ते कर रहे थे। मालती जी की हथेलियाँ जुड़ते-जुड़ते काँप गयी थीं। और उनके हाथ की माला नीचे गिर पड़ी थी।

मालती जी बहुत थक गयी हैं। हटिए...हटिए...कहता हुआ मैं उन्हें शेष लोगों के बीच की औपचारिकता से निकाल ले गया था। लिफ़्ट में लल्लू बाबू भी घुस आये थे। मालती जी आँखें बन्द किये उँगलियों से दोनों भवों के पास वाले हिस्से को दबा रही थीं, जैसे उनकी आँखों में एकाएक दर्द हो गया हो।

कमरे में पहुँचकर जो हाल उन्होंने देखा, तो एकदम बोलीं—इस होटल में बैड नहीं हैं?

लल्लू बाबू ने लपककर ट्रम्प मारा—मैंने सोचा, आप यहाँ चुनाव के दौरान अगर ज़मीन पर सोयें तो...

—इस दिखावे की क्या ज़रूरत है! यह सब मुझे पसन्द नहीं। आप तो हद कर देते हैं लल्लू बाबू! मुझे ज़मीन पर नींद नहीं आयेगी, हो सके तो इसमें बैड लगवा दीजिये...मालती जी ने चिढ़ते हुए कहा था।

—मैनेजर साहब बोला था...बैड ही रहेगा और सफ़ेद चादर रहेगा, पर साब बोला, नहीं, आप ज़मीन पर गद्दा बिछाकर सोयगा। कहते हुए रूम-ब्वॉय ने लल्लू बाबू की ओर इशारा किया था।

—ये सारा तमाशा बन्द कीजिये लल्लू बाबू! मालती जी ने कहा था और कुर्सी पर माथा पकड़कर बैठ गयी थीं! रूम-ब्वॉय बिस्तर हटाने लगा था।

—ठीक है, अब मैं आराम करूँगी। ज़रा बिन्दा को भेज दीजियेगा। मालती जी ने कहा और वे पानी का गिलास भरकर हाथ में पकड़े रहीं। उन्होंने एक क्षण के लिए सुराही को देखा था, फिर वे खिड़की के बाहर ताकती रहीं।

हम दोनों चले आये। नीचे से हमने बिन्दा को भेज दिया। मैंने बिन्दा को समझा भी दिया था कि मालती जी एकाएक कुछ डिस्टर्ब हो गयी हैं और वह जाये तो बहुत समझदारी से काम ले। मेरी मुश्किल यह थी कि मैं लोगों से कह भी नहीं सकता था। पता नहीं मालती जी पसन्द करें या न करें...इस रिश्ते को ज़ाहिर करना उन्हें उचित लगे या न लगे।

~

रात काफ़ी गहरी हो गयी थी। हम सात-आठ लोग चुनाव कार्यालय वाले कॉटेज में लेटे हुए थे। लल्लू बाबू ने अपनी बास्कट की जेब से खुराक लगी मिक्चर की शीशी निकाली थी, उसे हिलाया और एक खुराक पी गये थे।

—आपकी तबियत गड़बड़ है? मैंने यूँ ही पूछा था।

—हाँ, काफ़ी गड़बड़ है! लल्लू बाबू बोले थे।

—तो बताया होता, किसी डॉक्टर को दिखा देते।

—चुनाव की फिक्र करें या इस तबियत की! कहते हुए उन्होंने फिर शीशी उठाकर खुराक के निशान पर अँगूठा लगाया, हिलाया और एक खुराक और पी गये।

—बड़ी जल्दी-जल्दी दवा पी रहे हैं! मैंने कहा तो करवट लेकर लेट गये और उसी तरफ़ मुँह किये-किये बोले—गुरुसरन जी, मेरे खयाल से गाँव के इलाकों में ज़रा ज़ोरदार तरीके से मजमा जमाइये!

—गाँववाले अब मुश्किल से पकड़ में आते हैं।

—तो एक रामायणी पण्डित जी को पकड़िये। गाँव के किसी असरदार आदमी के घर रामायण का पाठ रखवाइये...और उसी बहाने अपना काम कीजिये। शहर के लिए एक-एक मोहल्ले में एक-एक दिन नौटंकी और कव्वाली का प्रोग्राम ऑर्गनाइज़ कीजिये। ऐसे चुनाव नहीं लड़े जाते, जैसे आप लड़ रहे हैं! लल्लू बाबू ने कहा।

—मालती जी पसन्द करेंगी? मैंने शक ज़ाहिर किया।

—उनके पसन्द करने या नापसन्द करने से क्या होता है। यह सब उनसे पूछने की ज़रूरत भी नहीं है। कैंडीडेट हार जाये तो सब गलत और बुरा होता है, जीत जाये तो सब सही और अच्छा! हूँ! कहते हुए उन्होंने शीशी हिलाकर तीसरी और आखिरी खुराक भी पी ली। मैं समझ गया था कि यह दवा कैसी थी। तीसरी खुराक लेकर लल्लू बाबू खर्राटे भरने लगे थे। मुझे नींद नहीं आ रही थी। रह-रहकर जग्गी बाबू का खयाल आ रहा था।

तभी बिन्दा लौट आया था। आकर मेरे पास बैठ गया था।

पता चला कि मालती जी बहुत उदास थीं। उन्होंने बिन्दा से पूछा था—तुमने पहचाना?

—हाँ, मैं तो पिछली बार भी मिल गया था। लहसुन की चटनी मालिक ने ही रखवाई थी। मेरी हिम्मत नहीं पड़ी कि आपसे कहता। बिन्दा ने बताया था।

—लिली का कुछ पता है? मालती जी ने डूबी आवाज़ में पूछा था।

—मालूम नहीं।

—ज़रा फ़ोन मिला...

—कहाँ?

—मैं...ने...ज...मेरा मतलब है...इन...वो लिली का ज़रा पता कर...

...मैनेजर साहब को फ़ोन दीजिये! बिन्दा ने फ़ोन मिलाकर ऑपरेटर से कहा था। जवाब मिला था...वे अपने फ़्लैट में चले गये हैं, ड्यूटी पर नहीं हैं...कहिये तो वहाँ मिला दें, शायद आराम कर रहे होंगे।

—रहने दे! मालती जी ने कहा था—तू भी जा, आराम कर।

—जी! बिन्दा ने कहा था, और वह मालती जी की बाकी ज़रूरत की चीज़ों को करीने से लगाने लगा था। मालती जी बिस्तर पर लेट गयी थीं। बिन्दा ने उनकी चप्पलें पैताने लगा दी थीं। छोटा तौलिया सिरहाने रख दिया था; नैज़ल ड्राप्स की प्लास्टिक की शीशी तकिये के नीचे दबा दी थी। और फ़ाइलें उधर कमरे में ले जाने लगा था, तो उसने देखा था—मालती जी ने फ़ोन का रिसीवर एकाएक झटके से उठाया था। और कान से लगा लिया था।

—कोई नम्बर चाहिए! फ़ाइलें वहीं रखकर बिन्दा लपककर पास आ गया था।

—नहीं...घंटी बजी थी न?

—फ़ोन की!

—फ़ोन की...हाँ...मालती जी ने कहा था।

—मैंने तो नहीं सुनी...बिन्दा बोला था।

—अच्छा! बुदबुदाते हुए मालती जी ने कहा था और रिसीवर रख दिया था और वे लस्त होकर लेट गयी थीं।

~

मुझे नहीं मालूम, उस रात और क्या हुआ। मालती जी सो पायीं या जागती रहीं—जग्गी बाबू रात भर टैरेस पर टहलते रहे या जागते रहे—पर इतना तो ज़रूर लगा कि कहीं-न-कहीं उस रात छतरपुर का घर भी उभरा होगा...लिली भी दौड़ती आयी होगी। खजुराहो का वह गुलाब बाग भी आया होगा...मन्दिरों की छायाओं के तले से शायद दोनों साथ या अकेले-अकेले गुज़रे होंगे। डूबते सूरज को उन्होंने अलग-अलग या साथ-साथ देखा होगा...और इलाके के पलाश-वन दहके होंगे।

मुझे वह सफ़र याद है, जब हम बेतवा पार करके आये थे। पाट बहुत चौड़ा तो नहीं था, पर बेतवा है तो खतरनाक। उस पार खड़े हम बड़ी नाव के आने का इन्तज़ार कर रहे थे। हम एक मीटिंग से साथ लौटे थे। जग्गी बाबू भी थे। जीप से उतरकर हम पास की चाय की दुकान में चले गये थे। फागुन के दिन थे, पर फिर भी एक अधेड़ बैठा आल्हा गा रहा था...बेतवा की महिमा का प्रसंग था। बेतवा बाढ़ पर थी और ऊदल की सेनाओं को पार जाना था...

कुछ जानवर भी झुण्ड में खड़े थे। गड़रिये उन्हें उस पार ले जाने के लिए रुके हुए थे।

आखिर उस पार से खेप लेकर बड़ी नाव आयी थी। जीप, जानवर और हम सब लोग उसमें लद गये थे। उस पार उतरकर जब हमने सफ़र शुरू किया था तो पलाश-वन दहक रहे थे। पतले डामर के रास्ते पर पलाश के फूलों का लाल कालीन बिछा हुआ था। जीप उन्हें कच-कच कुचलती चली जा रही थी। मालती जी बोली थीं—साढ़े पाँच बज गया। चार बजे पहुँचना था। वे लोग इन्तज़ार कर रहे होंगे!

—तो क्या हुआ...और इन्तज़ार कर लेंगे...आपको सब जगह की मीटिंगों के निमन्त्रण स्वीकार नहीं करने चाहिए। आखिर कितनी मीटिंग एड्रेस करेंगी? मैंने कहा था।

—क्या करें...ड्राइवर, ज़रा तेज़ चलाओ! मालती जी बोली थीं।

—ड्राइवर, जीप रोको! एकाएक जग्गी बाबू बोले थे।

—क्यों? मालती जी ने कहा था—क्या हो गया?

—ये फूल कुचलते हैं तो मन में जाने कैसा-सा होता है...जग्गी बाबू सड़क पर कुचले फूलों को देखकर फूले हुए पलाश-वनों की ओर देखने लगे थे, और जीप से उतर गये थे।

—ए, देर मत करो प्लीज़! घड़ी देखकर मालती जी बोली थीं—धीरे चलोगे तब भी फूल कुचले जायेंगे! आओ, जल्दी बैठो। सभा के लिए बहुत देर हो जायेगी...और मालती जी ने उन्हें बाँह पकड़कर अपनी ओर खींचा था। जग्गी बाबू बेमन से फिर बैठ गये थे। जीप चल दी थी।

—एक दफ़ा तुम इलेक्शन हार जाओ तो ठीक रहे! जग्गी बाबू ने शैतानी से कहा था।

—फिर वही बात! मालती जी ने उन्हें प्यार-भरी टेढ़ी नज़रों से देखा था।

—और क्या! एक दफ़ा हार जाओ, तो तुम्हें कुछ वक़्त मिलने लगेगा...अपने लिए, मेरे लिए...सुनो, जीते हुए आदमी के पास वक़्त बिलकुल नहीं होता। हारे हुए के पास वक़्त ही वक़्त होता है! क्यों, गलत कह रहा हूँ गुरुसरन जी! जग्गी बाबू ने मज़ाक को और फैलाते हुए कहा था।

—सुन लिया गुरुसरन जी? मालती जी ने मुड़कर पीछे देखते हुए कहा था...अपने घर में ही विरोधी बैठे हुए हैं! पहले इन्हें पटाइये!

और पूरी बात एक हल्के मज़ाक के माहौल में घुल गयी थी।

पर आज मुझे लग रहा था कि हार या जीत का एक और मैदान भी है। उसमें न वक़्त है, न ज़रूरत और न जीत। उसमें सिर्फ़ हार ही हार है। दोनों हारते हैं एक-दूसरे से। एक भी जीत जाये तो सब बिखर जाता है। पता नहीं, मालती जी और जग्गी बाबू को क्या-क्या याद होगा! इस रात उनमें से कौन जीता होगा? या दोनों हारे होंगे...लेकिन राजनीति का यह नशा! सफलता का नशा! सफलता की दौड़ में कोई थकता नहीं...इस दौड़ का कोई पड़ाव या मंज़िल होती नहीं... सफल व्यक्ति सिर्फ़ दौड़ता रह जाता है...और दौड़ना ही उसकी सफलता बन जाती है। क्योंकि दौड़ते-दौड़ते वह यह भूल जाता है कि उसने दौड़ना क्यों शुरू किया

था। सफलता की मंज़िल सिर्फ़ सफलता है! राजनीति में जो सबसे बड़ा छल है वह यही है कि दौड़ने वाला हमेशा कहता है—हम तुम्हारे लिए दौड़ रहे हैं! जबकि सही यह होता है कि ख़ुद वह अपने लिए भी दौड़ नहीं रहा होता...कुछ इसी तरह की दौड़ मालती जी की रही है। और इस दौड़ का नुकसान भुगतता है वह दौर, जो सफलता की इस राजनीति की चपेट में आ जाता है। इतिहास की बड़ी-बड़ी सफलताओं के दौर असल में भयानक असफलताओं के दौर रहे हैं...

~

सुबह मेरी आँख फ़ोन की घंटी से खुली। पता नहीं क्यों, एकाएक लगा, जग्गी बाबू का फ़ोन होगा। लेकिन नहीं, वह नरसी सेठ का था...नमस्ते! कोई तकलीफ़ तो नहीं। देखिये, मालती जी की एक पार्टी आप अभी से तय कर लीजिये, मेरी तरफ़ से। एक शाम बुक कीजिये।

बिन्दा उठकर गया था और लौट आया था। बताने लगा—अभी सो रही हैं।

सुनते ही लल्लू बाबू बोले—तब तो लड़ चुकी इलेक्शन! साढ़े सात बज रहा है। और उम्मीदवार तो अब तक एक-एक मीटिंग एड्रेस कर चुके होंगे।

तभी एक और फ़ोन आया—महिला मण्डल वाले सम्मान-सभा करना चाहते हैं! मैंने लल्लू बाबू को बताया।

—अरे छोड़िये! महिला मण्डल से हमें क्या लेना-देना। वक़्त कहाँ है? मना कीजिये! फिर एकाएक कुछ सोचकर बोले—उनसे पूछिये, अगर पाँच-सात महिला वालंटियर दे सकें तो दस मिनट के लिए चली आयेंगी। कहिये, फ़ोन पर तय नहीं होगा। कोई यहाँ चला आये।

तभी देखा, मालती जी कार्यालय की ओर चली आ रही हैं। हम सब सतर्क हो गये। आते ही बोलीं—गरुसरन जी, इधर आइये।

हम दोनों एक तरफ़ हो गये। उन्होंने धीरे-से पूछा—लाला दीनानाथ का काम हो गया?

—जी!

—हाँ, तो बताइये, मुझे क्या करना है? या यों ही बुलाकर आप लोगों ने बैठा लिया है? जल्दी-जल्दी बताइये। क्या प्रोग्राम है? कहाँ-कहाँ जाना है? कितनी सभायें हैं?—मालती जी अपनी रौ में थीं।

जगतसिंह ने डायरी खोलकर प्रोग्राम बताने शुरू किये। तब तक कुछ लोग और भी आ गये थे। भण्डारी जी ने चाय पेश कर दी थी। मालती जी ने मज़ाक किया—अब तो लुटने का अन्देशा नहीं है?

भण्डारी जी कब मानने वाले थे। बोले—लुटवा तो उन्होंने दिया जो काम दूसरों का करते थे और रोटियाँ खाने हमारे यहाँ आ जाते थे...गुरुसरन जी ने लंगर खुलवा दिया था।

जो लोग शहर से खबरें लेकर आये थे उनमें मिर्ज़ा साहब भी थे। वे एक उम्मीदवार के बारे में कुछ अहम खबरें लेकर आये थे। उन्होंने फौरन बताना शुरू किया—देखिये, अब आप सब सँभालिये। नहीं तो यह इलेक्शनबाज़ी बहुत टेढ़ा रुख ले जायेगी। आपको मालूम ही है कि गुलशेर अहमद मैदान में मौजूद हैं। अभी तक वे अक्ल की बातें तो नहीं कर रहे थे, पर खतरनाक बातें भी नहीं कर रहे थे। लेकिन अब उनके इर्द-गिर्द वे सब ताकतें जमा हो रही हैं, जो बुनियादी तौर पर कम्युनल हैं। वे जातियों में भेद पैदा करके वोटों को हिन्दू और मुसलमान वोटों में तक़सीम कर देना चाहते हैं और चोरी-छुपे यह ऐलान भी कर रहे हैं कि भारत में इस्लाम खतरे में है। इसलिए ज़रूरी है कि मुसलमान अपने वोटों को मुसलमान के लिए इस्तेमाल करें। और उधर लाला दीनानाथ बिलकुल जाति के सहारे चल रहे हैं। वे बनियों को जमा कर रहे हैं। शहर में हज़ारों लोग बाहर से घुस पड़े हैं और यहाँ-वहाँ तनातनी का माहौल पैदा कर रहे हैं...गुलशेर अहमद को तो किसी भी कीमत पर समझाया नहीं जा सकता, क्योंकि वो तास्सुबी हैं; लेकिन लाला दीनानाथ, जो इस शहर के जाने-माने समझदार आदमी हैं, उन्हें यह बुखार क्योंकर चढ़ गया है, यह समझ में नहीं आता।

मैंने मालती जी की ओर भेदभरी नज़रों से देखा था। आखिर हमेशा की तरह

उन्होंने अकाट बात कही—जिन रुझानों को हमें नेस्तनाबूद करना है, वे सामने और ऊपर निकलकर आ जायें तो अच्छा ही है। जड़ से उखाड़ने के लिए पौधे को ऊपर से ही पकड़ना पड़ता है!

मिर्ज़ा साहब खुशी से उछल पड़े—क्या बात कही है आपने! वल्लाह! आपको तो अदब के फ़ील्ड में होना चाहिए था। जी चाहता है, आपकी हर बात लिखता जाऊँ।

तभी बेयरा आ गया था—जी, नाश्ता लग गया है।

और मालती जी, मैं, मिर्ज़ा साहब और लल्लू बाबू नाश्ते के लिए कमरे में पहुँचे थे। नाश्ता मेज़ पर नहीं, नीचे दस्तरखान पर लगा था। देखते ही मिर्ज़ा साहब फिर चहक उठे—क्या बात है! इन होटलों में तो मेज़-कुर्सी से आदमी नीचे नहीं उतरता...यह नीचे बैठकर नाश्ते की बात खूब सूझी...आपका ही हुक्म होगा यह?

—हुक्म तो खैर मेरा नहीं था, पर यों अरेंज हो गया। मुझे मेज़-कुर्सी पर बैठकर खाना अच्छा नहीं लगता! मालती जी ने कहा था।

—सुना है, यहाँ के मैनेजर साहब आपके कोई करीबी रिश्तेदार हैं! मिर्ज़ा साहब ने कहा।

—आप पराठा पसन्द करेंगे? मैंने बात सँभाली।

—अरे पराठा! होटल के नाश्ते में! कमाल है...मैं तो साहब, बेगम से कहूँगा, खाना खाना हो तो आदमी होटल में खाये और रहना हो तो ससुराल में रहे। ये अपने घर का रहना और अपने ही घर का खाना बिलकुल बेहूदी चीज़ है! अब तो होटल घर हो गये हैं, और घर होटल!...गलत कह रहा हूँ? वे बोले थे तो सब हँस दिये थे। मैं मालती जी की ओर देखकर चुप रह गया था।

—शाम को आपकी मीटिंग है मुहल्ले में, मिर्ज़ा साहब! मैंने फिर वातावरण को हल्का करने की कोशिश की।

—जी हाँ, मुझे पता है। हमें तैयारी भी करनी है। गुलशेर के लोग शायद कुछ बवाल खड़ा करने की कोशिश करेंगे। पर हमें किसका डर है, जो होगा, सुलट लेंगे। मालती जी ने कहा था।

~

और शाम को मीटिंग में मालती जी ने बहुत जोशीला भाषण दिया—...तो भाइयो और बहनो! मेरे कहने का मतलब सिर्फ़ यही है कि आप बड़े और खुले दिमाग से सोचें, दोस्त और दुश्मन में फर्क करें! अगर हम हिन्दू और मुसलमान की तरह सोचते रहे तो यह मुल्क गारत हो जायेगा। मैं गुलशेर साहब जैसे उम्मीदवारों के लिए क्या कहूँ जो फिरकापरस्ती में यकीन करते हैं और लोगों के मज़हबी जज़्बों को भड़काकर अपना उल्लू सीधा करना चाहते हैं...मज़हब बड़ी चीज़ है, पर हमारी सबसे बड़ी ज़रूरत है ग़रीबी और भूख को मिटाना! (तालियाँ) पर दुःख होता है लाला दीनानाथ जैसे आदमी को इस रूप में देखकर जो अपनी जाति का झण्डा लेकर खड़े हुए हैं, जाति का भी नहीं, कास्ट का! मैं पूछती हूँ कि जाति प्रथा ने हमें क्या दिया है? और फिर इसका अन्त क्या है? जातियों में भी उपजातियाँ हैं...सब बनिया नहीं हैं, बनियों में भी कुछ अग्रवाल हैं, कुछ गुप्ता हैं, कुछ और भी हैं...अगर कोई अग्रवालों के नाम पर खड़ा हो जाये तो क्या होगा? तब गुप्ता कहाँ जायेंगे? क्या गुप्ता और अग्रवालों की परेशानियाँ अलग-अलग हैं? नहीं, बिलकुल नहीं! यह खुशहाली की लड़ाई हिन्दू-मुसलमान की अलग-अलग खानों में बँटी लड़ाई नहीं है। यह अग्रवालों, गुप्ताओं या ब्राह्मणों की अलग-अलग लड़ी जाने वाली लड़ाई नहीं है। यह मिली-जुली लड़ाई है और सबकी है। इसीलिए हमें साम्प्रदायिकता, फिरकापरस्ती और हर तरह के जातिवाद का विरोध करना है! (तालियाँ)...सुना है कि विरोधी उम्मीदवार चन्द्रसेन ने खुली सभा में मुझसे कोई सवाल पूछा था। मैं जवाब देने आयी हूँ और वे सुन लें। हमारे चुनाव कार्यालय में अनाज इकट्ठा नहीं किया गया...जो थोड़ा-बहुत था भी, वह उन लोगों में बाँटने के लिए था, जिन्हें कुछ नहीं मिल पाता। वह ग़रीबों के लिए था। उस अनाज को, उस अन्न को जलाकर चन्द्रसेन जी को क्या मिला? नुकसान किसका हुआ?...गुण्डा-गर्दी से चुनाव नहीं जीते जाते...तो भाइयो और बहनो, हमें इन तरह-तरह के मौकापरस्त लोगों से आगाह रहना है और अपने वोट का सही इस्तेमाल करना है! मैं नहीं कहती कि आप वोट मुझे दें...मेरा कहना सिर्फ़ इतना है कि जो आपको सबसे सही लगे, क्योंकि कमियाँ सबमें हैं, उसे ही आप अपना समर्थन दें! जयहिन्द!

बीच-बीच में तालियाँ बजती रहीं। मिर्ज़ा साहब बहुत खुश हो रहे थे। सभा समाप्त हुई तो ख़ुद मिर्ज़ा साहब ने नारे लगाए—

मालती जी!

ज़िन्दाबाद!

मालती जी!

ज़िन्दाबाद!

सन्तोष की मुस्कुराहट लिये मालती जी जगतसिंह की ओर देखने लगीं, जैसे पूछ रही हों—अब?

जगतसिंह ने फौरन डायरी खोलकर देखा और बताया—अब ज़िला कमेटी की ओर से डिनर है!

—डिनर, कहाँ?

—वहीं होटल में।

—कौन-कौन आ रहा है?

—ज़िला कमेटी के लोग हैं। और कलक्टर साहब तथा टूरिस्ट ऑफ़िसर साहब एक मिनट के लिए वहीं आपसे मिलना चाहते हैं।

—अच्छा, वहीं मिलवा दीजियेगा।

और हम सब लोग होटल लौट आये थे। हमें पहुँचने में देर हुई थी। वहीं लाउंज में कलक्टर साहब और टूरिस्ट आफ़िसर को आराम से बैठाये जग्गी बाबू बातों में उलझाये हुए थे। मालती जी के पहुँचते ही वे दोनों उठकर खड़े हो गये थे और जग्गी बाबू एक ओर सरक गये थे।

—कहिये कलक्टर साहब? मालती जी ने पूछा—क्या हुक्म है?

—जी, हुक्म का क्या सवाल?—उन्होंने हाथ जोड़ते हुए कहा था—ये स्टेट टूरिस्ट डायरेक्टर हैं! जी, आपको तो पता ही है कि विदेश से एम्पीज़ का एक डेलिगेशन आजकल आया हुआ है...

—हाँ-हाँ, आया हुआ है, पर यहाँ क्या ज़रूरत पड़ गयी?

—जी, वो डेलिगेशन इधर खजुराहो घूमने आया हुआ है। उन्हें पता चला कि इसी इलाके में चुनाव होने जा रहे हैं सो उन्होंने ख्वाहिश ज़ाहिर की है कि भारतीय चुनावों को देखने के लिए अगर वे एक दिन आपके साथ गुज़ार सकें...तो...टूरिस्ट डायरेक्टर ने हाथ मलते हुए बात अधूरी छोड़ दी।

—कब?

—मुमकिन हो तो परसों। डायरेक्टर ने कहा।

मालती जी ने जगतसिंह की ओर देखा। जगतसिंह ने डायरी देखी। 'ठीक है' के अन्दाज़ में सिर हिलाया। मातली जी ने कहा—ठीक है, ले आइये। फिर जगतसिंह से कहा—विदेशियों के लिए उसी शाम एक स्वागत पार्टी को यहीं होटल में अरेंज कर दीजिये।

—इस मौके पर शहर के कुछ चुने हुए लोगों को भी बुला लिया जाये। लल्लू बाबू ने सुझाया।

—जी, वो हम कर लेंगे। कलक्टर साहब ने कहा।

—नहीं, नहीं, औरों का झंझट मत लगाइये...मालती जी ने कहा।

—जी, ठीक है! कलक्टर ने कहा, फिर मालती जी के गले की भारी आवाज़ मार्क करते हुए बोला...आपको शायद सर्दी लग गयी है।

मालती जी ने बात को अनसुना करते हुए मेरी ओर देखा, और कहा—ठीक है, तो मैं जाऊँ।

—जी, वो ज़िला कमेटीवालों का डिनर...जगतसिंह ने कहा।

—हाथ-मुँह भी नहीं धोने देंगे क्या? मालती जी ने जैसे उलाहना दिया—मैं दस मिनट में आती हूँ। सब तैयार है? कहती हुई वे लिफ़्ट की ओर चली गयीं।

बड़ा टेढ़ा इन्तज़ाम था। ज़िला कमेटी के सदस्यों की अलग-अलग ज़रूरतें थीं। एक साहब को मूँग की दाल चाहिए थी। दूसरे को लौकी की सब्ज़ी। तीसरे को बिना नमक का खाना...जैसे ही मालती जी ऊपर गयीं, जगतसिंह लपककर जग्गी बाबू के पास पहुँचा और दरयाफ़्त करने लगा—सब चौकस है न! एक साहब को मूँग की दाल जरूर चाहिए...और दूसरे को पूरा खाना बिना नमक का चाहिए...तीसरे को...

—आप बेफिक्र रहिये। सब इन्तज़ाम हो गया है! जग्गी बाबू ने कहा और कौन कहाँ बैठेगा, उसके हिसाब से बेयरों को अलग-अलग ज़रूरत का खाना परोसने के लिए समझा दिया था।

और हम लोग उस कमरे में पहुँच गये जहाँ डिनर का इन्तज़ाम था। सब कुछ चौकस लगा हुआ था। साइड रूम में बेयरे हमलावर फ़ौजियों की तरह तैनात थे। तभी एकाएक जग्गी बाबू ने मेज़ की ओर देखा और बगलवाले कमरे से जाकर ख़ुद ही एक फ्लावर पॉट उठा लाये और उसे उन्होंने बीच में रख दिया। और मैंने देखा था—जग्गी बाबू ने सबकी आँख बचाकर पीले गुलाब की एक कली फुल प्लेट और क्वार्टर प्लेट के बीच में रख दी थी, उस सीट पर जहाँ मालती जी बैठने वाली थीं।

खाना शुरू हुआ। मालती जी आयीं। नेपकिन उठाते हुए उन्होंने पीले गुलाब की कली को देखा था। एक क्षण के लिए उनका हाथ रुका था। उनकी आँखों ने एकाएक शून्य में कुछ देखा था कि तभी बेयरा सर्विस लेकर उनके बायीं ओर आ खड़ा हुआ था। सब्ज़ी परस लेने के बाद उन्होंने कली को प्लेट की किनारी के नीचे सरका दिया था।

खाना शुरू हुआ तो ज़िला कमेटी के मूँग की दाल वाले, गंजी चाँद वाले सदस्य ने हाँक लगाई—अरे, दाल नहीं है क्या?

बेयरा दाल का डोंगा लेकर दौड़ पड़ा। दाल परस गयी तो उन्होंने ही फिर आवाज़ लगाई—अरे, घी नहीं है क्या?

मैंने उन्हें गौर से देखा। शायद वे सख्त नज़र से ही कुछ समझ जायें, पर उन पर कोई असर नहीं हुआ। वे कुल सात सदस्य थे। सबके-सब निहायत उजड्ड। धूल से सने हुए और अपने गरूर में मस्त। लेकिन ऐसे लोगों को भी साधना पड़ता है। मालती जी का रवैया हम सभी देख रहे थे। सबकी जेब में दस-दस, पाँच-पाँच हज़ार वोट पड़े हुए थे।

उन्हीं सदस्य ने टोपी उतारी, अपनी गंजी चाँद खुजलाई और फिर गुहार लगाई—अरे, घी नहीं है क्या?

जग्गी बाबू जब तक दौड़कर आयें, मैंने उनसे कहा—यह मक्खन डाल लीजिये...

—पिघला हुआ हो तो ठीक रहे! उन्होंने कहा और जग्गी बाबू ने फौरन एक बेयरे को हुक्म दिया कि मक्खन गर्म करवा के ले आये, गर्म होकर मक्खन आये तब तक जग्गी बाबू ने उन्हें सँभालने के लिए कहा—अभी आ रहा है...एक मिनट।

बेयरा पिघला मक्खन ले आया तो जग्गी बाबू ने ख़ुद ही उनकी दाल में मक्खन डाल दिया। उन्होंने हाथ रोका तो गंजे बाबू बोले—एक चम्मच और डाल दीजिये न...

पिघले मक्खन का बाउल मेज़ पर रखकर जग्गी बाबू एक ओर खड़े हो गये। वे समझ गये थे कि काफ़ी मुश्किल किस्म के राजनीतिक जन्तु आये हुए हैं।

अभी एक सदस्य कह ही रहे थे कि इस बरस सूखे के कारण किसान परेशान और बेहाल रहा है कि उन्हीं गंजे बाबू ने दाल का कौर खाकर मुँह बिगाड़ा—अरे, यह क्या है भाई? चढ़े मुँह से उन्होंने जग्गी बाबू को देखा—अरे, आपके इतने बड़े होटल में दाल भी ठीक से नहीं बन सकती क्या?

—जी, क्या हुआ? जग्गी बाबू ने झुककर दरयाफ्त किया।

—यहाँ के आप मैनेजर बाबू हैं न...इसे खाकर देखिये न! गंजी चाँद वाले ने कहा, और दाल का चम्मच उनके मुँह की ओर बढ़ाया। जग्गी बाबू सकते में आ गये।

—जी...

—जी, क्या! इसे खाइये न! वे बहुत भद्दे तरीके से बोले।

—जी, आप बता दीजिये...जग्गी बाबू ने अपने गुस्से और अपमान को पीते हुए कहा।

—मैं कहता हूँ, इसे खाइये न! उन्होंने फिर ज़िद की।

मालती जी ने उधर देखा और टालने की तरह वे निर्लिप्त हो गयीं। जग्गी बाबू ने मालती जी को एक पल घूरा और बोले—जी, जो कमी हो, बता दीजिये...

—इसमें नमक नहीं है! वे बिफरकर बोले। तब तक दूसरे सदस्य ने बात सँभालने की कोशिश की—तो नमक डाल लीजिये न!

—बेयरा! जग्गी बाबू ने अपमान से सुलगते और खून का घूँट पीते हुए कहा—साहब की दाल में नमक डाल दो! और वे तेज़ी से वहाँ से निकल गये।

—अजीब होटल है, भाई! गंजी चाँद वाले बुदबुदा रहे थे—यहाँ न दाल में नमक पड़ता है, न घी! हुँ...और ऊपर से गलती भी नहीं मानते!

—गलती किसी की नहीं है! दूसरे सदस्य ने कहा—हमने भी मूँग की दाल के लिए बोला था चौधरी...हमने इधर नमक छोड़ा हुआ है।

—अरे, तो हमारी दाल में नमक तो होना चाहिए न! गंजी चाँद वाले अपनी रट लगाये हुए थे।

—दाल तो एक ही बनेगी न! दूसरे सदस्य ने बहुत समझाने की कोशिश की।

आखिर लल्लू बाबू ने बात बदली—उस बात को छोड़िये न चौधरी साहब...यह बताइये, गाँवों में बहुत झक मारनी पड़ेगी या कम...

मालती जी भी कुछ अटपटा महसूस करने लगी थीं। सारा माहौल बिगड़-सा गया था। खासतौर से मेरे और मालती जी के लिए। ऐसे नाजुक मौके पर कुछ कहा भी नहीं जा सकता था। मैं उठकर भी नहीं जा सकता था। फिर यह भी पता नहीं था कि मालती जी मेरा उठकर जाना पसन्द करेंगी या नहीं। शायद नहीं, क्योंकि ज़िला कमेटी के सातों सदस्य अपनी-अपनी तरह से बहुत महत्त्वपूर्ण थे—कम-से-कम तब तक, जब तक चुनाव चलने थे। इस तरह के निहायत उजड्ड और खुरदरे लोगों को भी सँभालना पड़ता है। ये लोग गाँव के कहलाते हैं, पर गाँव के रह नहीं गये हैं, कहीं-कहीं तो यह शहरवालों से भी ज़्यादा चालाक और मौकापरस्त हो गये हैं। मौके पर क्या गिरफ़्त होनी चाहिए, इसके माहिर! सिर्फ़ माहिर ही नहीं, बल्कि मगरूर और दुर्मुख भी...सौ फ़ीसदी घाघ! पर हमें तो निभाना था। घुल गये विष के बावजूद लल्लू बाबू अपनी रौ में थे। उन्होंने फिर अपना सवाल

दोहराया—हाँ, तो चौधरी साहब, आपने बताया नहीं, गाँव का मोर्चा सँभालने के लिए क्या-क्या करना होगा?

गंजी चाँद वाले अब खाने में मशगूल थे। एक सुलझे हुए सदस्य ने बात का छोर पकड़ा। बोले—अब गाँवों में हाल बहुत बदल गया है। छोटी-छोटी पार्टियों और गैरज़िम्मेदार नेताओं ने माहौल बिगाड़ दिया है। इन्हीं लोगों की वजह से अब गाँववाले किसी पर यकीन नहीं करते।

—जी, और चालाक भी हो गये हैं। दूसरे ने कहा।

—मैं यह नहीं मानती! मालती जी बोलीं—मेरा अनुभव है कि हमारे ग्रामीण अब भी उतने ही भोले हैं। गैरज़िम्मेदार नेताओं से वे ज़रूर परहेज़ करते हैं।

—आपकी बात दूसरी है! तीसरे सदस्य ने मस्का लगाया—लेकिन अब वे किसी की सुनते नहीं। चुनाव के दौरान तो और भी नहीं।

—हरी मिरच नहीं है क्या? उन्हीं गंजे बाबू ने गुहार लगाई। बैरे ने मेज़ पर से सलाद की प्लेट उठाकर उनके सामने कर दी। उन्होंने मिर्च उठाकर कुतरी और सूँ-सूँ करने लगे—बहुत कड़वी है भई...फिर इधर-उधर देखकर बोले—अरे थोड़ी कम कड़वी हरी मिर्च नहीं है क्या?

—अजी, गाँव के लोग बहुत बदल गये हैं! लल्लू बाबू ने तपाक से कहा—और गाँव के ही क्या, शहरों में देख लीजिये! मीटिंग कीजिये तो हज़ार नखरे करते हैं। वोट देते हैं तो लगता है एहसान कर रहे हैं...

—आप ठीक कह रहे हैं! चौथे सदस्य ने कहा।

—भैये! कथा करवाइये, रामायण-पाठ करवाइये तो फौरन आ जायेंगे! लल्लू बाबू ने अपना पुराना राग पकड़ा—इससे अच्छा प्रचार का साधन और है भी नहीं। क्यों भण्डारी रामनारायण जी? गाँव के इलाकों के लिए एक *रामायण* बाँचने वाले पण्डित जी का इन्तज़ाम हो सकता है?

—देखेंगे! भण्डारी ने कहा।

—और मिर्ज़ा साहब शहर की सभाओं के लिए क़व्वालों का इन्तज़ाम हो जाये तो रंग ही जम जाये! लल्लू बाबू और उत्साहित हो गये।

—क्या बात करते हैं आप! मालती जी ने झिड़का—आपको भी अजीब-अजीब बातें सूझती हैं! इतना सुनते ही लल्लू बाबू पर पानी पड़ गया।

खाना खत्म हुआ तो सभी लोग अपनी-अपनी स्कीमें बताते हुए चलने लगे। ज़िला कमेटी के दो सदस्यों ने अपने इलाके में मीटिंग का दिन और समय तय किया। मैं मालती जी को गौर से देखता रहा। जग्गी बाबू बातों के दौरान कुछ देर दरवाज़े के पास खड़े रहे थे। फिर जब खाना समाप्त होने लगा तो वे चुपचाप चले गये थे। उन्होंने शायद यह मार्क किया था कि मालती जी की आवाज़ बैठ गयी है। चलते-चलते मालती जी ने पीले गुलाब की कली हथेली में दबा ली थी...यह मैंने देखा था और मुझे यह अच्छा भी लगा था।

नमस्ते-नमस्ते होती रही और काउन्टर के पास से होती हुई मालती जी जब लिफ़्ट की ओर चली गयीं तो जग्गी बाबू ने इशारे से मुझे बुलाकर कहा—नमक के गरारे करवा दीजिये। नहीं तो गला एकदम बैठ जायेगा...यहाँ का पानी भारी है। रात में गले में कुछ लपेट लें या सेंक लें तो ठीक रहेगा।

तभी बिन्दा आया और मुझसे बोला—आपको बुला रही हैं!

~

और मैं ऊपर पहुँचा। मालती जी शाम के प्रोग्राम से बहुत सन्तुष्ट थीं। बोलीं—ठीक रहा!

—बेहद! मैंने कहा।

—मिर्ज़ा साहब सब सँभाल पायेंगे...गुलशेर के मुकाबले! वे बोलीं।

—लगता तो है...

—मेरे खयाल से लल्लू बाबू जो कह रहे थे, उसका इन्तज़ाम करवा दीजिये...

—वो रामायण पाठ वाला?...आपके रुख से उस वक़्त तो लल्लू बाबू सहम-से गये थे...मैंने कहा।

—तो यह सब उन्हें सबके बीच कहना चाहिए? ये सब काम तो आप लोगों को अपनी सूझ-बूझ से करने चाहिए...जैसी ज़रूरत हो, जैसा वक़्त हो...मैं कहूँगी कि लोगों को जमा करने के लिए रामायण-पाठ करवाया जाये? वैसे इधर गाँव के लोगों ने राजनीति की परवाह करना ज़रा कम कर दिया है, इसलिये यह ज़रिया बुरा नहीं है। मकसद उन्हें जमा करना है...ज़रूरत की बात है! मालती जी ने कहा तो मैं उनकी इच्छा समझ गया था। सवाल यह नहीं था कि वे क्या चाहती थीं, सवाल यह था कि वे 'कैसे' चाहती थीं।

उनकी बातों में 'ज़रूरत' और 'वक़्त' शब्द फिर आ गये थे। और मैं समझ गया कि अब इस वक़्त वे राजनीतिक हो रही हैं। उनकी बातों में 'ज़रूरत', 'वक़्त' और 'जीत' शब्द तभी आते थे, जब वे अपने पूरे राजनीतिक रूप में होती थीं।

मैंने धीरे से कहा—आपका गला भारी पड़ गया है। नमक के गरारे कर लीजिये—सिंकाई करके गले को लपेटे रहिये तो सुबह तक आराम हो जायेगा।

—यह पुराना नुस्खा आपको खूब याद आया!...देख रही हूँ, यहाँ मेरी देख-भाल कुछ ज़्यादा हो रही है...मालती जी ने गहरी नज़रों से देखा...वे ताड़ गयी थीं कि यह नुस्खा मेरा नहीं है।

—जी...जी...वो जग्गी बाबू ने...मैं हकलाने लगा था।

—मैं भी वही कह रही थी...बेअक्ल तो नहीं हूँ। कहते हुए वे मुँह से नाखून कुतरने लगी थीं और एक गहरी साँस लेकर खिड़की की तरफ़ मुँह करके खड़ी हो गयी थीं।

यह क्षण बहुत भारी था। मैं समझ नहीं पा रहा था कि क्या करूँ...और कुछ न समझकर मैंने अचकचाते हुए इतना ही कहा था—तो...मैं जाऊँ...

—नहीं, उन्हें यहाँ बुलाइये! मालती जी की आवाज़ सपाट थी—इस सिलसिले को सुलझा लेना ही बेहतर है...उसी सपाट आवाज़ में बोलते-बोलते उनका स्वर कुछ पिघला हुआ हो आया था—आप तो सब जानते हैं गुरुसरन जी...मेरे पास इतना वक़्त नहीं है कि इस तरह की बातों में अब पड़ सकूँ...मैं यहाँ आयी हूँ चुनावों के लिए...

—यह तो एक इत्तफाक की बात है! मैंने जैसे-तैसे कहा था।

—जो भी सही...पर हर वक़्त मैं इसे इत्तफाक नहीं बने रहने देना चाहती। मुझे ज़रूरत नहीं है कि कोई मेरा इस तरह खयाल रखे...मेरी ज़िन्दगी की ज़रूरत यह नहीं है...मालती जी ने कहा तो मुझे कुछ बुरा लगा। आखिर यह सब मुझसे कहने की ज़रूरत क्या थी। बहुत ताकत बटोरकर मैंने कह ही दिया—बेहतर हो, ये बातें आप जग्गी बाबू से करें। कहें तो फ़ोन करके बुला दूँ।

—बुलाइये!

मैंने फ़ोन किया—जग्गी बाबू, एक मिनट के लिए कमरे में आ जाइये।

वे फौरन आ गये। वे जब आये तब मालती जी बिस्तर पर बैठी हुई थीं। एकाएक वे उठकर खड़ी हो गयीं। जग्गी बाबू की नज़र उनकी ऊँची-ऊँची पहनी साड़ी पर पड़ी, तो उन्होंने उसे जल्दी से ठीक कर लिया। आँचल को कायदे से कँधे तक लपेट लिया और बालों की लटों को भीतर समेट लिया। शायद सबसे भारी क्षण यही था। मालती जी की उँगलियाँ काँप रही थीं और वे अपनी सोने की चूड़ियों को कलाई पर ऊपर-नीचे करती रही थीं। मेरा हलक सूख रहा था। उस तकलीफ़देह खामोशी को मैंने ही तोड़ा—आप बैठिये...

जग्गी बाबू जब मालती जी की ओर देखते बैठ गये, तो बहुत सिमटकर मालती जी भी कुर्सी पर बैठ गयीं। अब मेरी समझ में फिर कुछ नहीं आ रहा था। आखिर जग्गी बाबू ने ही उस क्षण भर में जम गयी बर्फ़ की चट्टान को तोड़ा—होटल में कोई तकलीफ़! कोई शिकायत? मुझे उम्मीद है, आप लोग आराम से हैं!

—मैं कुछ और बात करना चाहती थी...मालती जी ने कहीं और देखते हुए कहा।

—जी, कहिये! जग्गी बाबू की आवाज़ एक-सी थी।

—अगर इजाज़त दें तो मैं...मैं चलने के लिए उठ खड़ा हुआ था।

—आप रुकिये...मालती जी ने कहा, और मैं पत्थर की मूरत की तरह फिर बैठ गया। पास रखे पानी के गिलास से एक घूँट लेकर वे बोलीं—आप जानते ही हैं कि मेरे-आपके रास्ते अलग हो चुके हैं!

जग्गी बाबू ने उन्हें बहुत गौर से देखते हुए कहा—जी, और शायद आप भी यह अच्छी तरह जानती हैं कि मेरे-आपके रास्ते अलग हो चुके हैं।

—यह इत्तफाक की बात है कि हम यहाँ मिल गये हैं!

—जी, यह महज़ इत्तफाक की ही बात है कि हम यहाँ मिल गये हैं! जग्गी बाबू की आवाज़ एकदम साफ़ थी।

—यह मजबूरी थी कि मैं इस होटल में ठहरी।

—जी, और इस होटल की मजबूरी यह है कि मैं इसका मैनेजर हूँ! इस होटल और आपकी इस मजबूरी में मैं क्या मदद कर सकता हूँ? जग्गी बाबू ने बात को समझकर खोलना चाहा था।

—मदद मुझे नहीं चाहिए! मालती जी ने हल्के स्वर में कहा।

—तो आपके खयाल से मैं किसी मदद के लिए इस वक़्त आया हूँ।

—मेरा मतलब यह नहीं था...

—बेहतर हो आप बता दें कि आपने किस ज़रूरत से इस वक़्त मुझे बुलाया है...शायद मैं बेहतर जानता हूँ कि ज़रूरत के बगैर आपके लिए कोई ज़रूरी नहीं होता, और वक़्त की अहमियत के बगैर बेवक़्त आप किसी को बुलातीं नहीं!

—आप इल्ज़ाम ही लगाते जायेंगे? मालती जी ने कहा था।

—यह आप मुझसे कह रही हैं, जबकि मैं जानता हूँ कि इस वक़्त भी किसी इल्ज़ाम के तहत ही मुझे बुलाया गया होगा! जग्गी बाबू ने कहा और वे हथेलियाँ मलते हुए उठ खड़े हुए।

उनके खड़े होते ही मालती जी भी बैठी नहीं रह सकीं। खड़े होते हुए बोलीं—मैं चाहती हूँ कि...

—आपके चाहने के मुताबिक मैंने हर काम किया है। जो-जो आप चाहती गयी हैं, वह-वह होता गया है! वे बोले थे।

—कि...मेरा और आपका रिश्ता...यहाँ के लोगों...

—ओह समझा! यहाँ के लोगों को न मालूम पड़े! हुँ...मेरा और आपका कोई रिश्ता है क्या? मैंने तो लिली तक को कभी इस रिश्ते के बारे में नहीं बताया...क्या

आप समझती हैं कि जो बाप अपनी बच्ची से एक टूटे हुए रिश्ते के बारे में छुपाता रहा है, वह औरों को बताता फिरेगा?

मालती जी ने बहुत गहरी साँस ली थी और बाथरूम का नॉब दबाकर वे भीतर गुसलखाने में चली गयी थीं। जग्गी बाबू परेशान और नाराज़-से कमरे में चहलकदमी करते रहे थे और बार-बार बाथरूम के दरवाज़े की ओर देखते रहे थे। एक मिनट बाद मालती जी छोटे तौलिये से भीगा मुँह पोंछती निकल आयी थीं। उनकी आँखों में आँसू अभी भी सूखे नहीं थे।

जग्गी बाबू ज़्यादा ही भरे हुए थे। एक क्षण वे मालती जी को देखते रहे। जब पलकें झपका-झपकाकर मालती जी ने अपनी आँखें कुछ सुखा लीं तो बहुत गहरी साँस लेकर जग्गी बाबू बोले थे—देखो मालती, मेरी बात का बुरा मत मानना...तुमने हमेशा वह सब लिया है, जो चाहा है! जो तुम्हें सीधे-सीधे माँगने से नहीं मिला वह तुमने प्यार से हासिल किया; जो प्यार से नहीं मिला, वह तुमने ज़िद से लिया; जो ज़िद से नहीं मिला, उसे तुमने हक से लेना चाहा; और जहाँ तुम हक से कुछ हासिल नहीं कर पायीं, वहाँ तुमने आँसुओं से सब-कुछ पाना चाहा...! प्यार, ज़िद हक और आँसू...ये सब मिलकर भी जो तुम्हें नहीं दे पायेंगे, वह भी मैं तुम्हें दूँगा! बेफिक्र रहो...जो रिश्ता कभी था, उसे जो लोग जानते नहीं होंगे, वे कम-से-कम मेरी तरफ़ से नहीं जान पायेंगे, यह मैं कर सकता हूँ...और यही करूँगा।

—शायद आप गलत समझ रहे हैं। कुछ झिझककर मालती ने उनसे कहा था।

बहुत रूखी और तकलीफ़देह हँसी के बाद जग्गी बाबू ने कहा था—जब-जब तुमने कहा है कि मैं तुम्हें गलत समझ रहा हूँ, सिर्फ़ तभी मैंने तुम्हें ठीक-ठीक समझा है...तुम कब क्या चाहती हो, यह तो शायद मेरे सिवा कुछ और लोग भी समझ सकते हैं, पर तुम जो चाहती हो, उसे कैसे चाहती हो, सिर्फ़ मैं ही समझ सकता हूँ!...जग्गी बाबू ने बोलकर गहरी साँस ली थी।

मालती जी ने पूरी भरी नज़रों से जग्गी बाबू को देखा था।

जग्गी बाबू ने अब कुछ सहज होकर कहा था—तुम परेशान मत होओ। तुम बहुत बड़ी लीडर हो। मुझे मालूम है। मैं इस होटल का मैनेजर हूँ। यह तुम्हें मालूम

है! तुम्हें चुनाव जीतना है। मुझे अपना होटल चलाना है। फिर एक क्षण रुककर, जैसे कोई सख्त चीज़ निगलकर वे बोले थे—आप यहाँ ठहरी हैं...मेरा और आपका रिश्ता सिर्फ़ मैनेजर और मेहमान का है, सिर्फ़ मैनेजर और मेहमान का!...अण्डरस्टैण्ड!...गुड नाइट, मैडम!

और जग्गी बाबू तेज़ी से दरवाज़ा खोलकर बाहर निकल गये थे। गलियारे में उनके दूर जाते हुए कदमों की आहट काफ़ी देर तक आती रही थी।

मुझे अन्दाज़ था कि मालती जी इस घटना के बाद दुःखी होंगी, पर ऐसा नहीं हुआ। वे शान्त थीं। ऐसा नहीं कि उनके आँसू झूठे थे या उन्हें पीड़ा नहीं हुई थी...पर इतना ही था कि सहना भी उन्हें आता था और पाना भी। क्या सहकर क्या पाना है, यह वह शायद अन्दाज़ लगा लेती थीं। हम-आप जैसे लोग सहने और पाने का सन्तुलन नहीं बना पाते। या तो हमें लगता है कि हमने बहुत सहा है और बहुत कम पाया है या कि हमने सहा तो कुछ भी नहीं, खोया बहुत ज़्यादा है। मालती जी की विशेषता यही है कि उनमें सहने, खोने और पाने का एक विचित्र सन्तुलन बना रहता है। ऐसा नहीं था कि लिली की उन्हें याद न आयी हो या जग्गी बाबू के आने पर वे डाँवाँडोल न हुई हों—पर उस वक़्त जो कुछ उन्होंने सहा या खोया, उसके मुकाबले उन्होंने क्या पाया, यह वे अच्छी तरह जान रही थीं...और यह जानना भी उनकी सफलता का एक अहम ज़रिया था।

मैं ख़ुद अन्दाज़ नहीं लगा पाता कि वह रात भी कैसे गुज़री होगी, क्योंकि जग्गी बाबू के जाने के बाद उन्होंने कोई बात नहीं की। इतना ही कहा—आप भी जाइये, आराम कीजिये...और बिन्दा को भेज दीजिये।

~

दो-तीन दिन काम काफ़ी उखड़ा-उखड़ा चलता रहा। लल्लू बाबू शहर के चुनाव कार्यालयों का दौरा करते रहे। शहर में तनाव है, ये खबरें तो काफ़ी पहले से आती रही थीं। मिर्ज़ा साहब आये तो और बातें मालूम पड़ीं। यही कि कुछ

लोग खासतौर से बाहर से बुलाये गये हैं ताकि मौका पड़ने पर दंगा-फसाद खड़ा कर सकें। मालती जी ज़रा जल्दी में थीं, उन्हें छात्रों की एक सभा में बोलने जाना था, इसलिए हम लोग उनके कमरे से बात-वात करते नीचे उतर आये थे। मिर्ज़ा साहब भी साथ ही थे। ड्राइवर न जाने कहाँ चला गया था, जब तक बिन्दा ड्राइवर को खोजकर लाये, हम काउन्टर के पास ही खड़े रहे। काउन्टर के उस पार जग्गी बाबू अपने असिस्टेंट को कुछ समझा रहे थे। मिर्ज़ा साहब ने मालती जी को यों तो सब बता दिया था, पर चलते-चलते फिर आग्रह किया—अगर दंगा हो गया तो गज़ब जो जायेगा...हालत ऐसी है कि किसी भी वक़्त झगड़ा हो सकता है...कहते हुए उन्होंने अपना गिलौरीदान निकाला और मालती जी को पान पेश किया।

पान देखकर मालती जी खिल उठीं—यह वही घरवाला पान है?

—जी, बेगम के हाथ के हैं! मिर्ज़ा साहब ने कहा।

—बेगम साहिबा बहुत बढ़िया पान लगाती हैं...मज़ा आ जाता है...गुरुसरन जी, आज आप भी एक खाइये! कहते हुए उन्होंने गिलौरीदान से दो पान उठाकर मुँह में रखे। तब तक मिर्ज़ा साहब ने तम्बाकू की डिबिया बढ़ा दी असली ज़र्दा...जाफरानी...जो आपने उस दिन बोला था।

—अरे, यह ज़र्दा आपने मँगवा भी लिया।

—एक दुकान है यहाँ, सिर्फ़ उसी के यहाँ मिलता है। अपने काम पर अपनी पीठ ठोंकते हुए मिर्ज़ा साहब ने बताया।

—वाह! वाह! कहते हुए मालती जी ने चुटकी भरी।

काउन्टर के उस तरफ़ से जग्गी बाबू की नज़रें अकस्मात् मालती जी की ओर उठीं...मालती जी ने शायद उस तरफ़ देखा था और उनकी चुटकी ज़र्दा दबाए हुए उसी तरह चिपकी रह गयी थी...शायद एक सहज संकोच के कारण।

मुझे याद है, जब बहुत पहले एक बार मालती जी ने ज़र्दा खाया था तो जग्गी बाबू ने कहा था—ज़र्दे की महक मुझे अच्छी नहीं लगती। ख़ुदा के लिए ज़र्दा खाने की आदत मत डालो...

मेरा ध्यान उनकी चुटकी की ओर ही लगा रहा था और मैंने देखा था, जब

वे कार में बैठी थीं, तो उन्होंने चुटकी खोलकर ज़र्दे को गिरा दिया था, और मुझसे कहा था—गुरुसरन जी, आप भी इसी में आ जाइये। रास्ते में उतर जाइयेगा। ज़रा पुराने बाज़ार एरिया की आब-हवा तो पता लगाइये। पूरी रिपोर्ट लाइये!

कार ने मुझे आधे रास्ते छोड़ दिया था। मैं उधर से घूमता-घामता पुराना बाज़ार एरिया पहुँचा था। तनाव सचमुच था। वह इलाका भी ऐसा ही था। नानबाइयों की दुकानें और मामूली काम करने वालों के धँधे। बे-पढ़े-लिखे लोगों का इलाका। यही—दर्ज़ी, ताले और छाते बनाने वाले। चमड़े का काम करने वाले, वगैरह। वहाँ के लोगों से मैंने हालत दरयाफ्त की। मालूम हुआ कि यों तो सब शान्त दिखाई देता है पर जब जुलूस निकलते हैं तो तनाव बढ़ जाता है। जुलूस में हमेशा कुछ चेहरे ऐसे नज़र आते हैं जो इलाकेवालों के पहचाने हुए नहीं हैं। पता नहीं, ये लोग कहाँ से आये हैं।

मैंने सोचा, 'थानेदार को आगाह करता जाऊँ। एकाध कांस्टेबुल अगर पोस्ट कर दिया जाये तो काफ़ी होगा। जगह-जगह लगे झण्डों और दीवारों पर चिपके पोस्टरों से लग रहा था कि इस इलाके में गुलशेर अहमद का काफ़ी ज़ोर है। हमारे दफ़्तर पर कुत्ते मूत रहे थे। एक बुज़ुर्ग मियाँ टीन की कुर्सी पर बैठे अखबार पढ़ रहे थे। ये भी हमारे सपोर्टर नहीं थे, इन्हें रोज़नदारी पर पर्चियाँ वगैरह बनाने के लिए भर्ती किया गया था। दरयाफ्त किया तो बूढ़े मियाँ जी ने बताया—कल शाम कुछ हुड़दंगा हुआ था, सो डर के मारे चारों कारकुन अपने-अपने घर भाग गये हैं। कौन लौटकर आयेगा, कौन नहीं, कुछ पता नहीं है।

—मुझे दो दिन के पैसे भी नहीं मिले हैं। मियाँ जी ने कहा।

—जब काम ही नहीं हो रहा है तो पैसे कैसे? मैंने कहा।

—यह खूब रही! मैंने ईमानदारी से सिर्फ़ आपकी तरफ़ का काम करा। इसका नतीजा यह कि मेरे पैसे भी गोल! जो दोनों तरफ़ का काम करते हैं, वे ही मज़े में हैं। आपसे भी पैसा पाते हैं और उनसे भी।...मियाँ जी ने ज़रा नाखुशी से बात कही—मैं दो दिन से इन्तज़ार कर रहा हूँ। रोटी तक खरीदने के लिए पैसे नहीं

हैं। पूछिये रामबरन से, अठन्नी उधार लेकर कल शाम की रोटी खायी थी...

—आपके पैसे आपको मिल जायेंगे...पर ये दोनों तरफ़ का काम...

—जी, और क्या? छुट्टन और बद्री—दोनों गुलशेर साहब की पर्चियाँ भी बाँटते हैं और आपकी भी? किसी को इससे क्या लेना-देना कि कौन जीतता है, कौन हारता है। हमें आपकी सियासत से क्या? हमें तो काम चाहिए कि चार पैसे मिलते रहें और पेट भरता रहे। मेरा तो जिस्म नहीं चलता, नहीं तो मैं गुलशेर साहब का काम उठा लेता...मैंने बूढ़े मियाँ के हाथ पर पाँच रुपये रखे तो उन्होंने कहा—टूटा रुपया तो मेरे पास नहीं है। दो दिन के चार रुपये हुए!

—रखिये...रखिये...कहता हुआ मैं मेन बाज़ार का हाल लेने चला गया।

खबर अच्छी नहीं है, यह मैंने लौटते ही मालती जी को बता दिया था। शहर के अखबारों में भी पिछले दिनों से छिटपुट गाली-गलौज और मारपीट की वारदातों की खबरें आ रही थीं, जो चुनाव की सरगर्मियों का तापमान बताती थीं। लल्लू बाबू बराबर शहर का दौरा करते रहे और चौथे दिन सुबह से ही बुरी खबरें आने लगीं। पुराने बाज़ार एरिया में जमकर मारपीट हो गयी थी। पाँच-सात लोग घायल भी हो गये थे। लोगों का कहना था कि मिर्ज़ा साहब के मुहल्ले में मालती जी की जो शानदार मीटिंग हुई थी, उसके बाद गुलशेर अहमद के पैर-तले की ज़मीन खिसक गयी थी। इसलिए वह इन हरकतों पर आमादा था। हम सब परेशान बैठे हुए थे। कुछ समझ में नहीं आ रहा था। लल्लू बाबू मालती जी के पास गये हुए थे। मैं भी चुनाव कार्यालय से निकलकर मालती जी के कमरे की ओर चला तो गेट के पास जग्गी बाबू मिल गये। उन्होंने मज़ाक में ही पूछा—कहिये गुरुसरन जी, आपके वालंटियर तो सही-सलामत हैं?

मैं एक मिनट के लिए रुका ही था कि लल्लू बाबू लिफ़्ट से निकलकर तेज़ी से मेरे पास आये और बोले—भइये, मालती जी ने अभी तय किया है कि वे दंगाग्रस्त इलाके में जायेंगी...वहाँ के लोगों से मिलेंगी...आप सब लोग तैयार रहिये...सब लोग साथ जायेंगे...

—लेकिन वहाँ जाना ठीक होगा? मैंने यूँ ही पूछा—खतरा बहुत हो सकता है!

—खतरों से डरते हैं तो पॉलिटिक्स में क्यों आये हो भइये! लल्लू बाबू ने अपने लहज़े में कहा और लपकते हुए कार्यालय की ओर चले गये।

—अच्छा, मैं ज़रा चलूँ! कहकर मैंने जग्गी बाबू को वहीं छोड़ा और ऊपर चला गया।

फ़ोन खड़कने लगे और यह खबर उन सब लोगों को दे दी गयी, जो भी फ़ोन पर मिल सकते थे कि मालती जी दंगाग्रस्त इलाके का दौरा करेंगी...वे एक जुलूस का नेतृत्व करती हुई जायेंगी, इसलिए जो भी आ पायें, यहीं होटल में जमा हो जायें।

देखते-देखते खासी भीड़ जमा हो गयी। छोटे-मोटे लोग तो नीचे कार्यालय के पास ही खड़े रहे, पर जो खास थे, वे मालती जी के कमरे और बरामदे में जमा थे। जगतसिंह ने लाठियों में झण्डे पहना दिये थे। भीड़ को जुलूस के रूप में चलने का तरीका समझा दिया था।

मैंने देखा था, जग्गी बाबू कुछ परेशान-से गलियारे में टहल रहे थे। मैंने जाकर पूछा—जग्गी बाबू क्या बात है?

—कुछ नहीं! कहकर वे लिफ़्ट के पास खड़े हो गये थे। तभी मालती जी चार-पाँच लोगों के साथ निकली थीं। लल्लू बाबू से उन्होंने इतना ही कहा था—इन लोगों को भी बता दीजिये ज़रा...

और लल्लू बाबू ने सबको रोक लिया—सुनिये, सुनिये...और पन्द्रह-बीस लोगों का वह मजमा जो मालती जी के लिए रुका हुआ था, लल्लू बाबू के गिर्द जमा हो गया था।

मालती जी लिफ़्ट में चली गयीं तो जग्गी बाबू भी एकाएक उसी में घुस गये थे। लिफ़्ट नीचे जा रही थी और जग्गी बाबू ने बहुत हिचकते हुए मालती जी से कहा था—वह इलाका बहुत खतरनाक है। मेरे खयाल से आपको वहाँ नहीं जाना चाहिए! मैं अपने को रोक नहीं पाया इसलिए कह रहा हूँ! यूँ मुझे कोई हक नहीं है कि कुछ भी कहूँ या राय दूँ...

मालती जी की आँखें छलछला आयी थीं। उन्होंने आदत के मुताबिक पलकों को झपका-झपकाकर आँसू सँभालने की कोशिश की थी...पर न सँभाल पाने के कारण अपने हैण्डबैग से धूप का चश्मा निकाला था और चुपचाप लगा लिया था। शायद इसीलिए कि जग्गी बाबू उनकी आँखों में आये आँसुओं को न देख पायें।

लिफ़्ट से निकलकर जग्गी बाबू सीधे अपने केबिन में चले गये थे। मालती जी लॉबी में पहुँची थीं, तो बाहर खड़े लोगों ने उन्हें घेर लिया था। छोटे-से जुलूस की तैयारियाँ थीं।

~

आखिर जब सब जमा हो गये तो लल्लू बाबू ने नारा लगाया—हिन्दू-मुस्लिम! भीड़ ने साथ दिया—भाई! भाई!!

और एक छोटा-सा जुलूस चल दिया। कुछ लोग साइकिलों पर थे। मालती जी व हम लोग जीप में थे। लल्लू बाबू ने पुख्ता इन्तज़ाम कर दिया था। बस्ती के पास तक आकर मालती जी जीप से उतर पड़ी थीं। जुलूस की भीड़ भी कुछ मिनटों में ही पास आ गयी थी। वहाँ पर कुछ लोग मिर्ज़ा साहब के पास इन्तज़ार कर रहे थे। कुछ देर वहाँ बातचीत होती रही। एक कार्यकर्ता ने सुझाया—पुलिस का इन्तज़ाम रहे तो ठीक है!

सुनते ही लल्लू बाबू भड़क गये—भइये! क्या बात करते हैं आप? मेरे साथ नारा लगाइये—मालती जी!

वे सज्जन चीखे—ज़िन्दाबाद!

लल्लू बाबू चीखे—हिन्दू-मुस्लिम!

मिर्ज़ा साहब और भीड़ ने साथ दिया—भाई-भाई!

और जुलूस चल दिया। मालती जी के आगे-आगे मिर्ज़ा साहब और लल्लू बाबू थे—कुछेक लोग और, जो उसी मुहल्ले के थे। हम पुराने बाज़ार एरिया में

घुसे तो तमाम लोग तमाशबीनों की तरह दोनों तरफ़ जमा थे। जुलूस पुराने बाज़ार में अपने चुनाव कार्यालय पर आकर रुक गया। बूढ़े मियाँ ने फौरन टीन की कुर्सी मालती जी के लिए हाज़िर की।

मिर्ज़ा साहब ने मोर्चा सँभाला—हाज़रीन!...आज मालती जी ख़ुद आप सबसे मिलने और कुछ कहने आयी हैं। कल से, जब से इन्हें पता चला कि बदमाश गुण्डों ने यहाँ मारपीट की है और भाइयों-भाइयों में तफरका फैलाने की कोशिश की है, तब से मालती जी बुरी तरह बेचैन हैं...यह काम उन ज़ाहिल और फिरकापरस्त लोगों का है जो इन्सानी कीमतों को धूल में मिला देना चाहते हैं...ग़रीब और उन भूखे लोगों को, जो ज़िन्दगी की जद्दोजहद में अपना खून-पसीना बहा रहे हैं, ये वहशी लोग उन्हें खूँखार जंगली जानवरों में बदल देना चाहते हैं...ताकि वे आपस में लड़ते रहें, अपने भाइयों की गर्दनें काटते रहें और उन लोगों के खिलाफ़ न उठ खड़े हों जो सचमुच इनका खून चूसते हैं...ग़रीबों का खून चूसनेवाले तबके की यह साज़िश है कि ग़रीब एक न होने पायें...

तभी उस छोटे-से मजमे में सनसनी-सी हुई। लल्लू बाबू कल की मारपीट में घायल हुए, पट्टी बाँधे, दो लोगों और एक बच्चे को लिये हुए चले आ रहे थे। उन घायलों को उन्होंने फौरन मालती जी के सामने पेश किया...मालती जी उन लोगों के साथ खड़ी-खड़ी कुछ बातें करती रहीं! प्रेस फ़ोटोग्राफर भी आ गया था, उसने तस्वीरें उतारीं और मिर्ज़ा साहब बोलते रहे—इन्हें देखिये! इस बच्चे को देखिये...इस मासूम ने किसका क्या बिगाड़ा था? मिर्ज़ा साहब ने घायलों की ओर इशारा किया—मैं कहता हूँ...यह वहशीपन हमारे शहर में नहीं चलेगा...हमारे सूबे में नहीं चलेगा...हमारे मुल्क में नहीं चलेगा! हम उन ताकतों से लड़ेंगे, उन वहशी ताकतों से टक्कर लेंगे जो यह घिनौना और ज़लील खेल खेल रही हैं...

तभी कुछ शोर मचा। कुछ नारे सुनाई दिये—चन्द्रसेन! ज़िन्दाबाद! गुलशेर अहमद! ज़िन्दाबाद!

कुछ हलचल-सी हुई। कुछ लोग घबराये। गली के मुहाने की तरफ़ से चन्द्रसेन और गुलशेर अहमद के सपोर्टर मिला-जुला जुलूस लिये चले आ रहे थे। गली में

भीड़ बढ़ गयी थी। हमारी चल रही सभा के पास आते ही उन विरोधियों ने नारे लगाने शुरू किये—

यह झूठा नाटक!

बन्द करो, बन्द करो!

हम लोगों को भी जोश आ गया था। हमारे सपोर्टर उनके विरोध में नारे लगाने लगे—

चन्द्रसेन! मुर्दाबाद!

गुलशेर अहमद! मुर्दाबाद!

तब तक उन लोगों की तरफ़ से नया नारा आया—

आलती मालती! बस्ता क्यों नहीं बाँधती!

जनता तेरे खिलाफ़ है! कहना क्यों नहीं मानती!

और वे लोग इस नारे को कीर्तन की तरह ज़ोर-ज़ोर से गाने लगे। इधर से भी जोश लहरा आया—

चन्द्रसेन! दलाल है!

गुलशेर अहमद! कलाल है!

नारों का यह युद्ध कुछ देर चलता रहा...और जोशो-खरोश में हाथापाई हो गयी। पत्थरबाज़ी हुई। भगदड़ मची और चीख-पुकार के साथ सब कुछ तहस-नहस हो गया। मालती जी एक पत्थर से ज़ख्मी हुई थीं। बूढ़े मियाँ भी अपना कमज़ोर घुटना पकड़े वहीं चबूतरे पर पड़े बिलबिला रहे थे। मालती जी को हम लोग भीतर कोठरी में ले आये थे। लल्लू बाबू ने फौरन अपने झोले से कपड़ा निकालकर पट्टी फाड़ी और मालती जी के सिर पर बाँध दी गयी।

पुलिस भी आ गयी थी। गली में सन्नाटा छा गया था। पत्थर और ढेले जहाँ-तहाँ पड़े थे। कुछ चप्पलें और टूटे हुए डण्डे पड़े थे। दुकानें चटपट बन्द हो गयी थीं। पटरी पर बैठनेवाले छोटे-मोटे कारोबारी लोग अपनी चीज़ें समेटकर इधर-उधर तितर-बितर हो गये थे।

कोठरी से हम लोग बाहर निकले तो बूढ़े मियाँ को दीवार का सहारा लिये कराहते देखा, तो लल्लू बाबू ने नुस्खा बताया—भइये, आप इस पर कड़वे तेल को गरम करके मालिश कर लें...

और मालती जी को लेकर हम होटल लौट आये थे।

यों भीड़ तो कम हो गयी थी, पर जो भी सुनता कि मालती जी के चोट लगी है, वह मिलने और देखने चला आ रहा था। खासा झमेला ही हो गया। लल्लू बाबू सबको बता रहे थे—कोई तरीका है भइये! अमन की सभा में बदअमनी! आप ही बताइये, यह कोई तरीका है, भइये!

जग्गी बाबू को मैंने बताया था कि मालती जी के चोट आ गयी है। यों भी उन्हें पता चल ही जाता। सिर पर पट्टी बँधी सबने देखी थी। मिलनेवालों की भीड़ टूट नहीं रही थी। आखिर हमने लोगों को रोकना शुरू किया। जग्गी बाबू दो बार लौट चुके थे। मालती जी के बाहर वाले कमरे में भीड़ थी, और बेडरूम में भी आदमी घुसे हुए थे।

आखिर शाम के बाद तांता टूटा। खाना वहीं बेडरूम में मँगवा लिया गया। जग्गी बाबू तीसरी बार आये तो बेडरूम में कुछेक लोगों को देखकर बाहर कमरे में ही इन्तज़ार करते रहे...

लल्लू बाबू अब अपने पूरे रंग में थे। सारी कार्रवाई का सेहरा अपने सिर बाँधते हुए बोले—अब बताइये, कैसी रही!

मालती जी धीरे से मुस्कुरा दीं। कुछ बोलते-बोलते रुकीं। फिर कहने लगीं—लल्लू बाबू, हुआ तो सब ठीक ही...लेकिन...

—देखिये, चुनाव का मामला है, इसमें लेकिन-वेकिन नहीं चलता! हाँ! हर काम तय करके ही किया जाता है...मैंने पहले ही बद्री को सब बता दिया था...जब तक आपके चोट नहीं लगती, हँगामा चलता रहता! हाँ...लल्लू बाबू ने कहा तो मैंने टोका—मान लीजिये, चोट ज़्यादा ही आ जाती तो...

—अरे भइये, तुम अभी बच्चे हो। कैसे चोट ज़्यादा आ जाती? जितनी चोट

तय की गयी थी, उतनी ही आ सकती थी!...लल्लू बाबू ने मुझे फटकार दिया था।

मैं चुपचाप बाहरवाले कमरे में चला आया था। जग्गी बाबू रास्ते में खड़े थे। मैंने उनकी बाँह पर हाथ रखकर भीतर चलने और मालती जी को देखने के लिए इशारा किया, तो उन्होंने इशारे से कह दिया—नहीं, अब नहीं...

और दुःखी-से, आश्चर्यचकित-से कमरे से निकलकर वे अपनी टैरेस पर चले गये थे।

मैं भी चुपचाप नीचे कार्यालय में चला आया। न किसी बात की खुशी थी, न सन्तोष। अगर कहूँ कि मलाल था, तो वह भी गलत होगा। मलाल भी नहीं था। इतनी ज़्यादा सच्चाई बरती भी नहीं जा सकती। शायद जग्गी बाबू के सामने बात खुल जाने से ही मुझे कुछ दुःख हुआ था। नहीं तो, बहुत-सी बातों के लिए यों भी आँख लपेटनी पड़ती है। खैर, जो हुआ, सो हो गया था।

कुछ देर बाद लल्लू बाबू भी आ गये। वे जीत के नशे में थे। इसी वक़्त लाला दीनानाथ का एक आदमी आ गया। आते ही उसने कहना शुरू किया—मिर्ज़ा साहब के मुहल्लेवाली सभा में मालती जी ने जो कुछ लाला दीनानाथ के लिए कहा है, वह अच्छा नहीं हुआ है!

—क्या अच्छा नहीं हुआ, भइये? लल्लू बाबू ने बीच में टोका।

—यही कहना कि लाला जी जातिवाद के सहारे इलेक्शन लड़ रहे हैं...

—तो और क्या कहा जाता? आप ही बताओ, भइये! लल्लू बाबू बोले।

—कुछ भी और कहा जाता!

—अरे भइये, लगता है तुम बुरा मान गये हो...

—लालाजी ने बहुत बुरा माना है...

—पहला इलेक्शन लड़ रहे हैं न लाला जी, इसीलिए! दूसरा-तीसरा लड़ेंगे तो बुरा मानना छोड़ देंगे। समझे भइये! इलेक्शन का धर्म यही है कि सब-कुछ कहा जाये, पर कही बात में कभी विश्वास न किया जाये...समझे भइये!

—लेकिन यह तो और भी गलत बात है! उस आदमी ने कहा।

—आप नहीं समझोगे...भण्डारी जी, इन्हें एक अठन्नी दो भइये! आप जाके

एक गिलास दूध पियो और आराम से सो जाओ जाके। यह चक्कर आपकी समझ से परे है...हाँ...कहकर लल्लू बाबू लेट गये—और हमें भी सोने दो...समझे भइये!

वह आदमी अपमानित-सा उठ गया।

उसके जाते ही लल्लू बाबू ने अपनी मिक्चर की शीशी निकाली और आदतन उसे हिलाकर एक खुराक पी गये।

—यह मिक्चर तो उसी रात खत्म हो गया था, लल्लू बाबू...आपने तीनों खुराकें पी ली थीं। डॉक्टर के यहाँ भी नहीं गये। यह शीशी फिर कैसे भर गयी? मैंने पूछा तो लल्लू बाबू निश्छल हँसी हँसे और बोले—भइये, तुम भी एक खुराक पी लो, तबियत हरी हो जायेगी!...ज़रा नमकीन का इन्तज़ाम करो भइये! कहते हुए उन्होंने दूसरी खुराक पर अँगूठा लगाया और उसे भी पी गये। फिर दाँत चूसते हुए बोले—क्या करें भइये, अपन लोगों की ज़िन्दगी ही ऐसी है...इस ज़िन्दगी का गुरुमन्त्र है—हर काम करो, पर उसकी शक्ल बदलकर करो...समझे, भइये!

मैं लल्लू बाबू को शायद अब अच्छी तरह समझने लगा था। भण्डारी ने बताया कि उन्होंने *रामायण* बाँचने वाले पण्डित जी का प्रबन्ध कर दिया है। दूसरे दिन दोपहर को ही एक जीप से लल्लू बाबू ने पण्डित जी को पूरे तामझाम के साथ सिहोर गाँव पहुँचा दिया था। मुखिया जी ने रामायण-पाठ की खबर अपने गाँव तथा आस-पास के गाँव के लोगों को पहुँचा दी थी। मौली, पान, सुपारी, तुलसीदल, प्रसाद और हवन की पूरी सामग्री का इन्तज़ाम लल्लू बाबू ने कर दिया था।

~

हम जब मालती जी और विदेशियों के साथ गाँव पहुँचे तो रामायण-पाठ समाप्त हो चुका था। हवन चल रहा था। विदेशी यह सब देखकर बहुत खुश हुए थे और सब बातों को जानने में लगे थे। पण्डित जी भी समझदार निकले। मालती जी को देखते ही बोले—मैया, आप बहुत भागवान हैं...भगवान की इच्छा के बगैर उनकी पूजा में कोई सम्मिलित नहीं हो पाता! इन सबका और आपका भाग्य एक

डोर में बँधा है! कहते हुए उन्होंने जमा हुए गाँववालों की ओर इशारा करते हुए मालती जी से कहा—आइये, हवन कीजिये!

—इनसे भी हवन करवाओ। लल्लू बाबू ने विदेशियों की ओर इशारा करते हुए मुझसे कहा। मैंने विदेशियों को बताया कि वे चाहें तो हवन में शामिल हो जायें। मालती जी ने तब तक उनकी हथेलियों में हवन-सामग्री थमा दी और विदेशी भी हवन में शामिल हो गये। गाँववाले गद्गद हो गये। जो इधर-उधर थे, वे भी जमा हो गये। गाँव की औरतें कौतुक से घूँघट दबा-दबाकर यह अद्भुत दृश्य देखती रहीं...और गाँव भर में मालती जी के इस करिश्मे की तारीफ़ फैल गयी—अरे, वो तो अंग्रेज़ से भी हवन करवा लेती हैं। साक्षात पार्वती हैं...

हवन के बाद पण्डित जी ने जयकारा लगाया—बोल सियावर रामचन्द्र की...जय! भीड़ ने उत्साह से साथ दिया।

और पण्डित जी के जयकारे समाप्त होते ही लल्लू बाबू ने अपना लगाया—बोल मालती जी की—

—जय! भीड़ ने उसी तरह साथ दिया।

गाँव हमने सर कर लिया था। अब मीटिंग में कुछ रखा नहीं था। जो काम होना था, वह हो चुका था। विदेशियों के आने और हवन में उनके शामिल हो जाने का असर पैर लगाकर गाँव-गाँव चल पड़ा है, इसका एहसास हमें वहीं होने लगा था, क्योंकि सिहोर के पास के गाँवों के लोग भी रामायण-पाठ में आये हुए थे।

हम कोई मौका चूकना नहीं चाहते थे। प्रसाद खूब बाँटा गया और लल्लू बाबू की अक्ल की दाद देनी ही पड़ी। वे गंगाजली में तुलसीदल डाले आचमनी लिये सबको चरणामृत बाँट रहे थे और कहते जाते थे—भगवान का चरणामृत साक्षी है...हमारा साथ देना! सौगन्ध है राम जी की! भूलना मत!

और फिर जमकर सभा हुई। गाँववाले सूखा-पानी से तो इतने दुःखी नहीं थे, पर शहर के सरकारी अमलों और खाऊ लोगों से कुढ़े हुए थे। मालती जी ने हवा का रुख देखकर ही मीटिंग में भाषण दिया।

बेसिक स्कूल की एक मेज़ लगाकर मंच बन गया था। स्कूल से ही कुर्सियाँ भी आ गयी थीं। मालती जी, विदेशी अतिथि, लल्लू बाबू, मैं और भण्डारी जी कुर्सियों पर जमे हुए थे। मुखिया भी हमारे साथ थे। जगतसिंह जनता में बैठे थे। मालती जी ने सरकारी अमलों और बेईमान पटवारियों, नायब तहसीलदारों और बी. डी. ओ. के बारे में खुलकर बातें कीं। उन्होंने कहा—मुझे मालूम है कि गाँवों-जैसी ईमानदारी शहरों में नहीं है। मुझे यह भी मालूम है जब आप गाँववाले मुश्किलें लेकर कोर्ट-कचहरी या सरकारी दफ़्तरों में जाते हैं तो वहाँ के छोटे-छोटे चपरासी और बाबू लोग पैसा लिये बगैर आपका काम नहीं करते। आपको परेशान करते हैं। जगह-जगह ऐसे भ्रष्टाचारी, ऐसे खाऊ लोग घुस गये हैं...हम इनका सफ़ाया करेंगे, पर इसका मतलब यह नहीं कि आप सब पर शक करें। ईमानदार लोग भी हैं जो आपकी सेवा करना चाहते हैं, जो इस भ्रष्टाचार और खाऊपने को खत्म करना चाहते हैं...देखिये! पाँचों अँगुलियाँ बराबर नहीं होतीं...कहते हुए मालती जी ने अपना हाथ उठाकर बात समझाई...

भीड़ में बैठे जगतसिंह ने ताली बजाई और पूरी भीड़ ताली बजाने लगी।

बगल में बैठे विदेशी ने जानना चाहा कि मालती जी ने क्या बात कही है तो लल्लू बाबू ने आधी अंग्रेज़ी और आधी हिन्दी में उसे समझाया—शी टोल्ड, हाथ की सब अँगुलियाँ आल फिंगर्स आर नाट बराबर...ईक्युल! हमारे बीच बुरे आदमी, बैड पीपुल भी हैं और गुड पीपुल भी हैं।

अभी मालती जी का हाथ उठा हुआ ही था कि भीड़ में से एक बूढ़ा पागल-सा आदमी उठकर चीखा—इंकीलाब...ज़िन्दाबाद! और नारा लगाने के बाद उसने कौर पकड़ने की तरह अँगुलियों को मिलाया और वहीं से मालती जी से बोला—पर देखो खाते बखत सब बरोबर हो जाती हैं! और वह बूढ़ा पागल-सा आदमी अपनी अँगुलियों को मिलाये भीड़ को दिखाता रहा—हाँ! ऐसे खाते बखत बरोबर हो जाती हैं!...ई आई आर, बीबीसी आई—यानी रामप्रसाद बिस्मिल!

उस पागल-से बूढ़े की प्रतिक्रिया देखकर सब गाँववाले हँसने लगे। विदेशियों ने बहुत उत्सुकता से जानना चाहा कि बूढ़ा क्या कह रहा है, तो लल्लू बाबू ने

समझाया—वह कह रहा है...ही टोल्ड...कि हम सब आप के साथ हैं, जैसे ये मिली हुई अँगुलियाँ हैं...लाइक दीज़ ज्वाइन्ट फिंगर्स। वी आर टुगेदर...जोश में आकर विदेशी ने ताली बजाना शुरू कर दिया! उसने अपने साथियों को भी बताया तो वे भी ताली बजाने लगे। मालती जी ने तनिक परेशानी से उन लोगों की ओर देखा और ख़ुद भी ताली बजाने लगीं। लल्लू बाबू ने भी साथ दिया, और भीड़ भी तालियाँ बजाने लगी। जगतसिंह उस बूढ़े पागल-से लगते आदमी को लेकर भीड़ से निकल गया। उसका सभा में बैठना खतरनाक था।

एक क्षण बाद मालती जी ने सबको शान्त करते हुए कहा—ये विदेशी दोस्त भी कितने खुश हैं, आपने देखा। ये खुश हैं कि हमारे यहाँ हर आदमी को अपनी बात कहने की छूट है और हम सब साथ हैं...कि आप सब हमारे साथ हैं...यही हमारी ताकत है! हम आपके हैं और आप सब हमारे! मैं आपको विश्वास दिलाती हूँ कि आपकी परेशानियाँ हम खत्म करेंगे...लेकिन यह तभी हो सकता है जब आप इसी तरह हमेशा हमारा साथ दें जैसे आज दिया है। जय हिन्द!

सभा समाप्त हुई तो सब बहुत खुश थे। ज़रा ज़्यादा ही खुश थे। उस बूढ़े पागल-से आदमी के बारे में पूछने पर पता चला था कि वह पुराना गाँधीवादी है। अब पागल हो गया है और गाँव-गाँव घूमता रहता है, अपनी साइकिल पर। सबसे लड़ता-झगड़ता रहता है। नेताओं या हुक्कामों को देखता है तो खाने को दौड़ता है। लोगों ने बताया कि यह तो गनीमत हुई कि उसने इस सभा में गड़बड़ नहीं की। नहीं तो वह सरेआम इज़्ज़त उतार लेता है।

उस पागल-बूढ़े की शक्ल मुझे लौटते हुए बराबर याद आती रही थी। रास्ते भर मैं उसी के बारे में सोचता रहा था। आखिर थके-हारे हम वापस पहुँचे। लल्लू बाबू के चेहरे पर विजय की चमक थी—हमने कहा था न भइये, रामायण-पाठ करवाओ! अब शहर में कव्वाली-पाठ भी हो जाये तो समझो, पूर मैदान मार लिया। अब सिहोर गाँव तो सॉलिड हो गया! हो गया सॉलिड या नहीं?...फिर आँख दबाते हुए उन्होंने कहा—भइये, थोड़े नमकीन का प्रबन्ध हो जाये तो...

विदेशियों का डिनर था। हम लोगों को वहाँ तो नहीं खाना था, पर तैनात तो रहना ही था। कुछ और लोग भी थे ही। बावजूद इसके कि मालती जी ने मना कर दिया था। यानी ऐसे लोग ही थे जो बिलकुल आपसी के माने जा सकते हैं या जिन्हें आपसदारी के घेरे में हमें समेटना था।

जाम आ गये थे और सब विदेशियों ने मालती जी के स्वास्थ्य और विजय की कामना के साथ जाम टकराये। मालती जी की एक विशेषता यह भी है कि हर तरह के माहौल में खप जाती हैं। मालती जी ने अपना जाम उठाते हुए बड़ी शालीनता से उनकी शुभकामनाएँ स्वीकार कीं। बातें चलने लगीं, यही कि भारतीय जनतन्त्र अब पुख्ता नींव पर खड़ा है। भारत के नेताओं का गाँववालों से बड़ा गाढ़ा सम्पर्क और सम्बन्ध है। भारत ने एक नयी आशा दुनिया को दी है। सब खुश और मस्त थे। मालती जी भी घूँट भरती जा रही थीं। ताज्जुब था कि लल्लू बाबू चुपचाप मेरे साथ खड़े थे। तभी जग्गी बाबू एकदम मुक्त-से भीतर आये थे और विदेशी मेहमानों के नेता के पास आकर पूछने लगे थे—होप यू ऑल आर इंज्वाइंग वेल! नो कम्पलेंट सर!

''ओह नो! एवरी थिंग इज़ जस्ट फाइन!'' विदेशी ने कहा था। जग्गी बाबू के आते ही एक बात हुई थी। मालती जी का हाथ एकाएक अपने जाम तक गया था और उन्होंने अपना गिलास अनजाने ही कुर्सी के किनारे छुपा लिया था। मैं जानता हूँ, यह परहेज़ के कारण नहीं था...पर जग्गी बाबू के होते वे एक सहज संकोच से भर गयी थीं। पता नहीं क्यों, सब बातों के बावजूद यह संकोच मुझे प्यारा लगा था। जग्गी बाबू ने भी इस संकोच को भाँप लिया था और वे बेयरों को समझाकर जल्दी-से-जल्दी उस कमरे से निकल गये थे। उसके बाद मालती जी कुछ बुझ-सी गयी थीं...अपने भीतर ही भीतर। उसके बाद नया जाम वैसे का वैसा ही सामने रखा रहा था, और उनकी आँखें जब-तब उस दरवाज़े को ताक लेती थीं जिससे जग्गी बाबू आ सकते थे। लेकिन जग्गी बाबू बहुत समझदार आदमी हैं। जब तक खाना-पीना चलता रहा, वे नहीं आये।

हाँ, लल्लू बाबू ने भी अपना काम कर लिया था। उन्होंने अपनी खुराक-लगी

शीशी में दवा भरवा ली थी। एक कागज़ में कुछ काजू लपेटकर मेरी जेब में ठूँस दिये थे...भइये, थोड़ा-सा नमकीन है! और गायब हो गये थे।

~

सुबह हम उठे तो अखबारों का ढेर जमा था। हम अपनी मीटिंग की रिपोर्ट देख रहे थे। कुछ पत्रों में हमारी निश्चित जीत की भविष्यवाणी थी। कुछ में सिर्फ़ खबर थी। दो अखबारों में बेहद गन्दी रिपोर्ट आयी थीं। समझ में नहीं आता कि इतनी झूठी और गलत बातें कैसे गढ़ी जा सकती थीं। लल्लू बाबू बहुत उत्तेजित थे—कल शाम की पार्टी में उस मरियल-से आदमी को देखा था भइये? वह जो मशक की तरह पी रहा था। यह कारस्तानी उसी की है...

रिपोर्ट में बेसिर-पैर के इल्ज़ाम लगाये गये थे—'मालती जी के चुनाव-अड्डे—गोल्डन सन में शराब और शबाब से भरी रंगीन रातें!'

यह तो तय था कि यह सब विरोधियों ने लिखवाया है, पर वे इतनी गन्दगी उछालेंगे, इसका अन्दाज़ नहीं था। रिपोर्ट में आगे कहा गया था कि मालती जी ने चुनावों में जीतने के लिए शराब के ड्रम खुलवा दिये हैं। होटल गोल्डन सन में शराब की नदियाँ बह रही हैं...इतना ही नहीं, होटल गोल्डन सन पिछले दिनों से शबाब का अड्डा बन गया है जहाँ मालती जी का साथ देने का वचन देने वालों को रंगीन रातें गुज़ारने की सब सुविधाएँ दी जाती हैं!...और यह सब काम मालती जी के पूर्व पति जगदीश वर्मा के ज़रिये हो रहा है। जगदीश वर्मा ने प्रभावशाली व्यक्तियों को जीतने के लिए होटल को चकले में बदल दिया है...ग्यारह बजे रात के बाद होटल में वही लोग घुस सकते हैं, जिनको मैनेजमेन्ट से इज़ाज़त मिल जाती है। इतना ही नहीं, मालती जी के कारकुन साण्ड कल शाम को वेश्याओं के मुहल्ले में घूमते हुए देखे गये।

यह पढ़ते-पढ़ते लल्लू बाबू थरथरा गये—यह सब बकवास है! जब आप लोग होटल की तरफ़ लौट रहे थे तब मैं मिर्ज़ा साहब के घर चला गया था और मिर्ज़ा

साहब के आदमी के साथ मैं कव्वाली गानेवाली सलीमा बेगम को तय करने गया था। दस मिनट में हम लोग लौट आये थे और ये हरामज़ादा यह सब लिख रहा है भइये! राजनीति इतनी गन्दी हो गयी है, यह नहीं पता था...

चुनाव कार्यालय में अजीब-सी मुर्दनी छा गयी थी। सबके चेहरे पिटे हुए-से थे। हालाँकि यह सब गलत और बेबुनियाद था, लेकिन जनता के मूड के बारे में कुछ भी कह सकना मुश्किल होता है। मैं इसलिए भी ज़्यादा परेशान था कि जग्गी बाबू पर बेबात कीचड़ उछाला गया था।

अभी हम लोग तैयार हो ही रहे थे कि दूसरा बम फटा। हमारा एक शहरी कार्यकर्ता साइकिल दौड़ाता हुआ आया और उसने एक पर्चा दिया, जो मालती जी के विरोध में छपाया गया और बाँटा जा रहा था—उस गलीज़ पर्चे की सुर्खी थी—'मालती जी के काले कारनामों का कच्चा चिट्ठा!'

इस गलीज़ पर्चे में मालती जी की व्यक्तिगत ज़िन्दगी को लेकर बहुत बेहूदी बातें की गयी थीं। इस तरह की छीछालेदर कि क्या कहा जाये! उसमें नम्बरवार बातें उठाई गयी थीं।

1. जगदीश वर्मा—गोल्डन सन के मैनेजर मालती जी के पति हैं, प्रेमी हैं या यार?

2. क्या यह सही है कि जगदीश वर्मा ने मालती जी को इसलिए छोड़ दिया था कि वे उनके 'बस' में नहीं रह गयी थीं?

3. क्या यह सही है कि जगदीश वर्मा ने एक बार मालती जी के किसी चाहनेवाले को गोली मार देने की धमकी दी थी?

4. क्या यह सही है मालती जी अपनी बच्ची लिली को जगदीश वर्मा के पास छोड़कर भाग गयी थीं?

5. क्या यह सही है कि मालती जी ने अपने चुनाव के लिए सेठों की गर्दनें दबाकर और डरा-धमकाकर चंदा वसूल किया है?

6. क्या यह सही है कि मालती जी ने चार-चार लाख की पाँच कोठियाँ खड़ी कर ली हैं?

7. क्या यह सही है कि मालती जी हर शाम शराब के नशे में धुत्त रहती हैं?

8. क्या यह सही है कि मालती जी के कारण कई हँसते-फूलते घर टूटकर नरक बन गये हैं?

और अन्त में एक पैराग्राफ और था—हम महिला-समाज की सदस्य महिलाएँ अपने लिए मालती जी जैसी महिला को कलंक समझती हैं। ऐसी चरित्रभ्रष्ट और दुराचारी महिला के लिए हमारे मन में गहरा गुस्सा और नफ़रत ही हो सकती है। हम अपनी बहनों और महिला वोटरों के साथ-साथ भाइयों और पुरुष वोटरों को भी सचेत करती हैं कि वे महिलाओं की कलंक मालती जी को वोट न दें। हमारी परम्परा सीता, पद्मिनी, लक्ष्मीबाई और सरोजिनी नायडू की है! महिलाओं के नाम पर मालती जी के फँदे में फँसने वालों को हम आगाह करती हैं और प्रण करती हैं कि जहाँ-जहाँ वे जायेंगी, हम काले झण्डों से उनका विरोध करेंगी!

—महिला समाज की ओर से प्रचारित और प्रसारित!

यह पर्चा पढ़ते ही सबके चेहरे काले पड़ गये थे। सन्नाटा छा गया था। भण्डारी जी ने चाय बनवाकर स्टोव भी बुझा दिया था। इसलिए सन्नाटा और गहरा हो गया था। ऐसा लग रहा था जैसे रातो-रात सब तहस-नहस हो गया हो...और सुबह होते हमारे बीच कोई मौत हो गयी हो। हम सब एक-दूसरे से कन्नी काट रहे थे। नज़रें बचा रहे थे, यह जानते हुए भी कि यह सब निहायत बकवास, गलीज, झूठा और कमीनेपन से भरा हुआ है! सच्चाई का एक रेशा तक इसमें नहीं है।

चुनाव कार्यालय में तो सन्नाटा था ही, मालती जी के कमरे से भी कोई फ़ोन नहीं आया था। शायद पर्चा तो उन तक नहीं पहुँचा होगा, पर अखबारों का बण्डल पहुँच चुका था। बिन्दा गया था, वह भी नहीं लौटा था। हमें अफ़सोस तो था ही, पर मुझे खासतौर से गुस्सा इस बात का था कि इन कमीनों ने जग्गी बाबू को बदनाम किया था। हम तो राजनीतिक लोग हैं। हमारे अपने खेल हैं। हम सब

खिलाड़ी हैं, हम झटका खाकर भी उठ खड़े होते हैं। कलंकों को भी धो लेते हैं या ज़्यादा बड़े कलंक औरों पर लगाकर अपने कलंकों को छोटा कर लेते हैं। या जनता की याददाश्त कम होने का फ़ायदा भी उठा लेते हैं क्योंकि हम निडर होकर, या कहिये कि किसी हद तक बेशर्मी से, मैदान में डटे रहते हैं; हार भी जाते हैं तो फिर उसी मैदान में जीतने के लिए लौटते हैं...पर जग्गी बाबू के लिए यह सब मौके कहाँ हैं? वे तो ख़ुद ही किनारा किये बैठे हैं और उन जैसे साधु व्यक्ति को इस लपेट में लेना बहुत गलत हुआ था।

एक तूफ़ान आया था और कीचड़ की भयानक बारिश हुई थी। हर कार्यकर्ता जैसे अपने से डर रहा था। जगतसिंह चुपचाप डायरी खोलकर देखता और फिर बन्द करके इधर-उधर ताकने लगता। लल्लू बाबू पंक्चर होकर पड़े थे। उन्हें शक था कि मालती जी शायद उनकी इस बात पर यकीन नहीं करेंगी कि वे कव्वाली-गायिका को खोजने के लिए उस मुहल्ले में गये थे।

बहुत देर बाद भण्डारी रामनारायण ने खामोशी तोड़ी—गुरुसरन जी, महिला समाज नाम की कोई संस्था आज तक तो सुनी नहीं! यह आज कैसे पैदा हो गयी?

लल्लू बाबू भी उठकर बैठ गये—बात मौके की है भइये! और पर्चों को उलट-पलटकर देखते हुए बोले—मेरे खयाल से तो मानहानि का मुकदमा ठोक देना चाहिए!

—लेकिन किस पर? भण्डारी ने कहा—नाम तो किसी का है नहीं!

लल्लू बाबू ने फिर पर्चे को उलटा-पलटा—प्रेस तक का नाम नहीं है...यह तो सरासर जुर्म है भइये! आखिर यह पर्चा किसी प्रेस में छपा तो है ही। और रातो-रात छपा है। इसका मतलब है, प्रेस भी शहर का है...पुलिस साथ दे तो पता तो लग सकता है!

—हम यहाँ मुकदमा लड़ने नहीं, चुनाव लड़ने आये हैं। जगतसिंह अपनी ही परेशानी में मुब्तला था।

—भइये, राजे! मुकदमा भी चुनाव का एक हिस्सा है! लल्लू बाबू बोले।

—तो चलिये, पहले वही लड़ लें! जगतसिंह ने चिढ़कर कहा।

—भइये, तू तो ऐसे बिगड़ रहा है जैसे पर्चा मैंने छापा हो!

—इन बातों में क्या रखा है? यह सोचिये कि अब इस कीचड़ को साफ़ कैसे किया जाये? मैंने खाली दिमाग से कहा, क्योंकि कुछ कहना ज़रूरी लग रहा था।

—शाम को बहुत बड़ी मीटिंग भी है...कल महिलाओं वाली सभा है... जगतसिंह ने डायरी देखकर कहा—इसीलिए अफरा-तफरी में यह पर्चा आज ही बाँटा गया है! ताकि औरतों वाली मीटिंग में कल हँगामा हो जाये!

तभी लल्लू बाबू को दूर की सूझी। बोले—भइये, वो उस दिन महिला सेवा मण्डल वाली देवियाँ मालती जी के लिए सम्मान सभा करना चाहती थीं, अगर उन्हें पकड़ा जाये तो कैसा रहे?

—किसलिए? भण्डारी जी ने पूछा।

—उनमें से दस-बीस को पकड़कर सबसे पहले मालती जी के पास भेजा जाये। वे जाकर कहें कि वे मालती जी को अपना नेता मानती हैं। इससे मालती जी को नैतिक बल मिलेगा और यह स्टेटमेन्ट जारी करें कि इस तथाकथित और नापैद महिला समाज की ओर से जो कुछ छपवाया गया है, वे सब उसका घोर विरोध करती हैं। यह खबर फौरन अखबारों को दी जाये और आज शाम की औरतों की मीटिंग से पहले उन महिलाओं को घर-घर भेजा जाये जहाँ जाकर वे इस गन्दे प्रचार के विरुद्ध जनमत तैयार करें! लल्लू बाबू ने पुराने खिलाड़ी की तरह पाँसा फेंका।

—ज़रा यह भी तो सोचिये, मालती जी के दिल पर इस वक़्त क्या गुज़र रही होगी? सुबह से दस फ़ोन आ जाते थे। वे किस तकलीफ़ में खामोश बैठी होंगी? उनका रवैया क्या होगा? उनसे राय लिये बगैर हमें कुछ नहीं करना चाहिए! भण्डारी ने राय दी।

इस बात के बीच मुझे रह-रहकर जग्गी बाबू का ध्यान आ रहा था। उनके लिये कोई नहीं सोच रहा था। उस आदमी पर क्या गाज गिरी होगी? हम लोग

अपनी मिसकौट कर ही रहे थे कि एक बेयरा हमारी डाक लेकर आया। मैंने धीरे से उससे दरयाफ्त किया—मैनेजर साहब नीचे आ गये हैं?

—जी नहीं, उनकी तबियत ठीक नहीं है! बेयरे ने बताया।

—क्यों, क्या हुआ?

—मालूम नहीं साहब...कहता हुआ वह चला गया।

—मेरा माथा ठनका। अजीब हालत थी। लेकिन कोई क्या कर सकता था, अब जो कुछ था, भुगतना ही था। एक क्षण के लिए तो मन में आया था कि सब डेरा-डाबर तम्बू-कनातें उखाड़कर चल दिया जाये। तभी जगतसिंह ने कहा—सचमुच बहुत गड़बड़ हो गयी है...कुछ समझ में नहीं आता...मेरा तो दिमाग ही फेल हो गया है।

—और मेरे दिमाग को भण्डारी जी फेल किये दे रहे हैं भइये! लल्लू बाबू ने कहा।

—सब बातें एक साथ जुड़ गयी हैं! भण्डारी ने लल्लू बाबू से कहा—कल शाम विदेशियों की पार्टी, आपका वेश्याओं के मुहल्ले में जाना...

लल्लू बाबू एकदम बिगड़ गये—भण्डारी भइये! ज़रा सोच-समझकर बात कहो। तुम्हीं कहोगे कि मैं वेश्याओं के मुहल्ले में गया था, तो औरों का मुँह कैसे बन्द कर लोगे?

—मेरा यह मतलब नहीं, भण्डारी बोले—मतलब यह कि बदमाशों ने बात का बतंगड़ बना दिया है! सारा काम बिगाड़ दिया है। मालती जी भी इस अंधड़ को बर्दाश्त नहीं कर पायेंगी...

तभी देखा—होटल की सीढ़ियों से मालती जी उतर रही थीं। वे सीधे कॉटेज की तरफ़ ही आ रही थीं। पीछे-पीछे बिन्दा था।

मालती जी का चेहरा सूजा-सूजा-सा था। आँखें भरी-भरी। शरीर सुस्त और थका हुआ। पर कमाल की हिम्मत है उनमें। उनके आते ही हम सब खड़े हो गये थे। वे काफ़ी निश्चिंत नज़र आ रही थीं। पर मुझे एहसास हो रहा था कि वे बड़ी

कोशिश से अपने को सँभाले हुए थीं। होठों पर तीखी पर हल्की मुस्कुराहट लाते हुए उन्होंने कहा—जो कुछ छपा है, पढ़ लिया आप लोगों ने।

किसी ने कोई जवाब नहीं दिया। एक क्षण की चुप्पी के बाद वे फिर बोलीं—क्या हुआ है आप लोगों को ?...वे धीरे से व्यंग्य से हँसीं—चू...यह सब तो होता रहता है। इसका भी मुकाबला करेंगे...

—लल्लू बाबू का खयाल है, हमें मुकदमा कर देना चाहिए! जैसे-तैसे जगतसिंह ने कहा।

—हूँ! वे फिर हँसीं—कानून की अदालतें हमारी अदालतें नहीं हैं। हमारी सबसे बड़ी अदालत है जनता! वही, उसी जनता की अदालत में यह मुकदमा लड़ा जायेगा और जीता जायेगा! हम अपनी तरफ़ से, और अपनी ज़रूरत के मुताबिक यह मुकदमा लड़ेंगे...

मालती जी की शब्दावली साफ़ थी। जीत और ज़रूरत जैसे शब्द फिर आ गये थे और मैं समझ गया था कि भूचाल का सामना करने के लिए वे अपनी पूरी राजनीति के साथ तैयार थीं!

—यह पर्चा आपने देखा है? यह भी, आज अभी सुबह ही बाँटा गया है! भण्डारी ने कारनामों के कच्चे चिट्ठे वाला पर्चा उनके सामने कर दिया। वह उन्होंने नहीं देखा था। चश्मा लगाकर उसे उन्होंने पढ़ा। कुछ पलों के लिए काले बादल उनके थके हुए चेहरे पर मँडराये...फिर भीतर से खून की ललाई आयीं...फिर चेहरे पर सिमट आया खून पारे की तरह उतर गया और उन्होंने पर्चा जगतसिंह की ओर बढ़ा दिया—हुँ! रखो...शाम को महिलाओं वाली मीटिंग में यह पर्चा मुझे देना...इसका जवाब मैं वहीं दूँगी! और ज़रूर दूँगी!...आप लोग परेशान न हों...अपना काम करते रहें...इन हमलों को मैं देखती रहूँगी...इतना कहकर वे चली गयीं।

~

मैं कुछ देर सोचता रहा कि जग्गी बाबू के पास जाऊँ या नहीं, क्योंकि उस दिन मालती जी के व्यवहार और जग्गी बाबू के एकदम चले जाने से मेरे लिए कहीं कुछ अटक गया था। मालती जी ने तो ज़रूरत के मुताबिक अपना दिमागी तनाव खत्म कर लिया था, पर मैं बीच में लटक गया था। मैं सोच ही नहीं पा रहा था कि मालती जी मेरा उनसे मिलना पसन्द करेंगी या नहीं। या जग्गी बाबू उस शाम के बाद मुझसे उसी तरह मिलेंगे या नहीं। फिर मुझे लगा कि बीच के इन बरसों में मेरा और जग्गी बाबू का अपना एक दोस्ती का रिश्ता भी रहा है। वे शायद मुझे ख़ुद न बुलायें—इस चुनाव-चक्कर के दौरान, पर मुझे जाना चाहिए। मैंने एक निगाह होटल की ऊँची-बिल्डिंग पर डाली...उस तरफ़ देखा, जिस तरफ़ जग्गी बाबू का टैरेस अपार्टमेन्ट था। थोड़ी देर और सोचा, फिर चल ही दिया—उनकी तबियत भी तो खराब थी।

मैं जब पहुँचा तो वे काफ़ी झुँझलाये हुए थे। फ़ोन का रिसीवर हाथ में लिये ऑपरेटर पर बिगड़ रहे थे—तीन घंटे से अर्जेन्ट कॉल नहीं मिल रही। तमाशा है...यू गो ऑन ट्राइंग। येस...पी. पी. सेंट मेरीज गर्ल्स हाईस्कूल...प्रिन्सिपल मदर मिराण्डा! येस प्लीज़...और एक झटके से रिसीवर उन्होंने रख दिया! कुछ क्षण माथा पकड़े हुए वे बैठे रहे।

—कैसी है तबियत? मैंने पूछा।

—अरे, आप कब आये? जग्गी बाबू ने मुझे आते हुए नहीं देखा था—मैंने देखा ही नहीं! तबियत, बिलकुल ठीक है।

—बेयरे ने बताया कि...

—हाँ...ऐसे ही...वे बोले।

—आप कुछ परेशान हैं! मैंने कहा। मेरी नज़र बन्द घड़ी पर भी पड़ी और टॉफ़ी के उस डिब्बे पर भी, जिसमें वे लिली के खत रखते थे, और सुबह के उन अखबारों पर भी जिनमें वे गलीज़ रिपोर्ट आयी थीं। वह पर्चा भी पड़ा हुआ था जो नापैद महिला समाज की ओर से छापा गया था।

—नहीं...परेशानी किस बात की...जग्गी बाबू बहुत खोये-खोये थे। वे अपनी

परेशानी छुपाने की कोशिश में लगे हुए थे। धीरे से बोले—गुरुसरन जी, एक शे'र याद आ रहा है—

नक़्शा उठा के अब कोई नया शहर देखिये!
इस शहर में तो सबसे मुलाकात हो गयी!

मैं चुपचाप उन्हें देखता रहा...ऐसा लगा, जैसे कोई आदमी रास्ते पर पड़े पैरों के निशान मिटाता हुआ और कहीं जाने की कोशिश कर रहा हो। कितनी कठिन थी यह कोशिश और कितनी पीड़ा-भरी। जग्गी बाबू चुपचाप बाहर की ओर देख रहे थे—शीशे की दीवार के उस पार।

वातावरण अजीब हो गया था। जग्गी बाबू शायद खुलने के मूड में नहीं थे। वे अपने भीतर-भीतर घुमड़ रहे थे। अगर फ़ोन न आ जाता तो शायद वे खुलते भी नहीं। यह तो मैं समझ ही गया था कि उन्होंने पंचमढ़ी में लिली के स्कूल की प्रिन्सिपल के लिए ट्रंककॉल बुक करवा रखा है और बेसब्री से उसकी प्रतीक्षा कर रहे हैं। तभी फ़ोन की घंटी बजी। जग्गी बाबू ने रिसीवर उठाया, ट्रंककॉल मिल गया था, वे फ़ोन पर बात करने लगे थे—प्रिन्सिपल...मदर मिराण्डा...गुडमॉर्निंग...दिस इज़ जगदीश वर्मा फ्राम भोपाल...येस...येस लिली कैसी है...जी, मैं चाहता था कि उसे आप वहीं रोक लें, जी...भोपाल न भेजें...छुट्टियाँ तो खराब होंगी...जी, मैं जानता हूँ...हाँ, लिली ज़रूर ज़िद करेगी...पर कुछ ऐसी दिक्कत है कि मैं चाहता हूँ, वह वहीं रुकी रहे...यहाँ न आये...जी, हो सकता है मैं ही आ जाऊँ, आप उसे समझा दीजियेगा प्लीज़, ओके...

फ़ोन रखकर उन्होंने मुझे देखा, अब सब साफ़ था।

—लिली आने वाली थी? मैंने पूछा।

—हाँ, उसकी पन्द्रह दिनों की छुट्टियाँ थीं। लेकिन मैंने उसे वहीं होस्टल में रोक दिया है।

—अकेली रहेगी होस्टल में?

—आखिर मेरी बच्ची है! रह लेगी। मैं नहीं चाहता था कि वह इस वक़्त यहाँ आये। मैं नहीं चाहता कि अपनी उम्र से पहले वह दुनिया की चालाकियों

से परिचय प्राप्त कर ले। मैं नहीं चाहता कि वह अपने बाप और माँ की टूटी हुई ज़िन्दगी के इस पक्ष को अभी जाने और हमेशा के लिए डिस्टर्ब हो जाये। मेरे पास अगर अपनी बच्ची को देने के लिए कुछ नहीं है, तो उससे वह क्यों छीन लूँ जो उसके पास है?...जग्गी बाबू ने कहा।

—लेकिन...

—'लेकिन' क्या गुरुसरन जी! इस कीचड़ में लिथड़ने के लिए उस बच्ची को भी आने दूँ? कहते हुए उन्होंने वे अखबार एक ओर पटक दिये—उसका क्या दोष है? मुझे ही बताइये, मेरा क्या दोष है?

—यह गन्दगी इधर राजनीति में बहुत आ गयी है!

—यों आपकी राजनीति से मुझे क्या लेना-देना है? इस कीचड़ और गन्दगी को मैं क्यों बर्दाश्त करूँ? आपकी राजनीति का शिकार मैं और मेरी बच्ची क्यों हो जायें?...

—ज़्यादती तो हो गयी है...क्या कहा जाये?

—आप लोगों के पास कहने के लिए है क्या? जग्गी बाबू ने कहा, तो इस 'आप लोगों' का मतलब मैं समझ गया था। वे बहुत भरे हुए थे। कहते ही चले गये—मैं सब छोड़-छाड़कर कहीं और चला जाऊँगा, गुरुसरन जी...इसलिए नहीं कि मैं कमज़ोर हूँ या ज़िन्दगी में जो फैसला मैंने लिया था, उसे गलत समझता हूँ, या मैं कुछ चाहता हूँ...सिर्फ़ इसलिए कि मालती को जो दुनिया चाहिए जो सक्सेस और सफलता चाहिए, वह उसे मिलती चली जाये! मेरी वजह से उसमें रुकावट न आये...वह यह न समझे कि मैं कहीं उसके रास्ते में हूँ! मुझे कोई पछतावा नहीं है! मेरी ज़िन्दगी में अब कोई तमन्ना उससे जुड़ी हुई नहीं है...लेकिन मैं यह नहीं चाहता कि अपनी किसी असफलता का दोष वह मेरे सिर मढ़ दे...उसे कोई बहाना मिल जाये...कि मेरी वजह से उसे नुकसान हुआ!

—यह आप क्या कह रहे हैं?

—मैं ठीक कह रहा हूँ! मैं नहीं चाहता कि मेरी बच्ची आपकी ज़ालिम पॉलिटिक्स की शिकार हो जाये...कल को कोई उठकर यह भी कह सकता है कि यह मेरी बच्ची

नहीं है...आपकी दुनिया का ज़मीर मैं खूब जानता हूँ गुरुसरन जी। आपके यहाँ औलाद के रिश्ते तक को इस्तेमाल किया जा सकता है! मैं अपनी बच्ची को आपकी इस गलीज़ दुनिया से दूर रखना चाहता हूँ...और आपकी मालती जी के नाम पर मुझे लेकर कीचड़ उछाला जाये, यह भी मैं नहीं चाहता...बारह बरस पहले जो खुला रास्ता उसे देकर मैं दूसरी तरफ़ चला आया था...उस रास्ते में मैं अपनी छाया तक को नहीं आने देना चाहता...एक क्षण रुककर जग्गी बाबू ने गहरी साँस ली और कहा—गुरुसरन जी, सोच-समझकर एक फैसला और लिया है मैंने...एक बार तय किया है...मैं होटल की मैनेजरी से रिज़ाइन कर रहा हूँ और यहाँ से जा रहा हूँ!

—क्या!

—हाँ...मेरा यहाँ रहना किसी के हित में नहीं है! लिली के हित में नहीं है। मेरे हित में नहीं है और आपकी मालती जी के हित में नहीं है! हूँ इसलिए मैंने यह फैसला लिया है...

—जल्दीबाज़ी में आपको त्यागपत्र नहीं देना चाहिए जग्गी बाबू! मैंने उन्हें समझाने की कोशिश की।

—जल्दीबाज़ी! जल्दीबाज़ी कैसी! मुझे क्या जीतना है या हासिल करना है, जिसकी जल्दीबाज़ी होगी! और वे व्यंग्य से हँस दिये थे।

तभी फ़ोन बजा। जग्गी बाबू ने उठाया। सुनकर उनके होठों पर टेढ़ी-सी मुस्कुराहट आयी और फ़ोन रखते हुए बोले—आपका बुलावा आया है। भण्डारी जी का फ़ोन था। मालती जी को कोई काम है, कमरे में बुलाया है।

~

मैं उठकर चला आया। मालती जी के पास पहुँचा तो देखा, लल्लू बाबू व जगतसिंह भी बैठे हुए हैं। यों आभास हुआ कि वे नॉर्मल हैं। उन्होंने जैसे सब सोख लिया था और अपने पैंतरे भी तय कर लिये थे। पहुँचते ही उन्होंने सवाल दागा—कहाँ थे आप? कुछ काम होना है या नहीं...

—जी, वो मैं ज़रा जग्गी बाबू के पास चला गया था। पता चला कि उनकी तबियत ठीक नहीं है! मैंने कहा।

—तबियत ठीक नहीं है? मालती जी के पूछने में कशिश थी।

मुझे यह बदलाव ज़रा आश्चर्यपूर्ण लगा था। लेकिन किसी की भावनाओं पर शक भी तो नहीं किया जा सकता। आखिर तो एक सम्बन्ध दोनों का रहा ही है। सारे ठंडेपन और बेरुखी के बावजूद कभी-कभी भावनापूर्ण पल उसके बीच में आ भी सकते हैं। मैंने थोड़ा परखने के लिए कहा—हाँ, कोई खास बात नहीं है।

—अखबार-वखबार पढ़कर परेशान हो गये होंगे...उनकी आदत है! खैर...हाँ, तो आप मिर्ज़ा जी के यहाँ चले जाइये। अभी खबर मिली है कि शहर में साम्प्रदायिक तनाव फिर पैदा हो रहा है! गुलशेर अहमद के लोगों ने अपने कुछ कार्यकर्ताओं को डराया-धमकाया है। पुराने बाज़ारवाले अपने आफ़िस के लोग काम करने के लिए बाहर नहीं निकल पा रहे हैं। सँभलकर जाइयेगा। और हाँ, अब नाम वापस लेने की तारीख तो गुज़र गयी। लाला दीनानाथ का क्या रवैया है? मालती जी ने एक काम सौंपते हुए दूसरा सवाल भी कर दिया।

—उन्हें सपने आने लगे हैं कि वे जीत सकते हैं! लल्लू बाबू ने कहा। मालती जी हँसीं। सबको हँसी आ गयी।

—आप पता कर लीजिये...और लाला दीनानाथ से कह दीजिये कि जीत के सपने आने बन्द हो गये हों तो वे ऐलान करें कि वे मेरे पक्ष में आ गये हैं और चाहते हैं कि उनके पक्षधर मुझे वोट दें। यह ऐलान वे उसी मंच से करेंगे, जिससे मैं बोलूँगी...ठीक है! मालती जी ने कहा।

—उसके बाद लाला दीनानाथ के जितने चुनाव-दफ़्तर हैं, सब बन्द कर दिये जायेंगे, उनके वालंटियर हमारे साथ काम करेंगे और ख़ुद लाला दीनानाथ मालती जी के साथ हर मीटिंग में शामिल रहेंगे! लल्लू बाबू ने सारी शर्तें साफ़ कर दीं—नहीं तो वो सारी मदद बन्द कर दी जायेगी, जो अभी तक हम लाला दीनानाथ को देते रहे हैं...समझ गये, भइये!

—अरे, तो मैं लाला दीनानाथ या उनका आदमी तो नहीं हूँ, जो आप मुझे इस तरह...मैं बोला।

—तुम्हें समझा रहा हूँ कि कैसे बात करना...तुमसे थोड़े ही कह रहा हूँ भइये! हाँ! लल्लू बाबू बोले—सब निपटाकर आना...

मैं सीधा पुराना बाज़ार एरिया में गया। दफ़्तर तो खुला हुआ था...बूढ़े मियाँ भी घुटने पर हल्दी की पुल्टिस बाँधे बैठे थे। और कोई नहीं था। मैंने पूछा—और सब कहाँ हैं?

—काम करने गये हैं! बूढ़े मियाँ ने बताया।

—सुना है, गुलशेर अहमद के आदमियों ने अपने लोगों को डराया-धमकाया है? मैंने पूछा।

—कैसी बातें करते हैं आप भी! बूढ़े मियाँ। मुस्कुराये—काम करने वाले दोनों के एक हैं। कौन किसे धमकायेगा! आप ख़ुद सोचिये!

—अफ़वाह होगी! मैंने चलते हुए कहा।

—अफ़वाह होगी तो ख़ुद उन्हीं के आदमियों ने फैलाई होगी...जी...कहकर बूढ़े मियाँ अपना घुटना दबाने लगे।

मैं वहाँ से चलकर सीधा लाला दीनानाथ के यहाँ पहुँचा, उनसे अकेले में सारी बातें कीं। उन्होंने कहा कि वे मालती जी से मिलकर ही सब बातें तय करेंगे। जब तक पूरी बात तय न हो जाये, कोई खबर बाहर नहीं जानी चाहिए। यह भी ज़ाहिर नहीं होना चाहिए कि लाला दीनानाथ और मालती जी की कोई गुप्त मीटिंग हुई है। मुझे यह ज़िम्मेदारी सौंपी गयी कि उनकी व मालती जी की मीटिंग तय करके मैं उन्हें खबर दूँगा।

यह सब तय करके मैं चला आया। रास्ते-भर लाला दीनानाथ की बातों पर सोचता रहा। उनकी बातों से इतना ज़रूर लग रहा था कि मामला शायद पैसों पर अटकेगा। वे बार-बार यही बात कहते थे—गुरुसरन जी, लाख-डेढ़ लाख तो अलग से मेरी जेब से खर्च हो चुका है जी...वह नुकसान कौन उठायेगा!

~

लौटकर होटल पहुँचा तो मैंने सारा हाल बता दिया। लाला दीनानाथ की मीटिंग मालती जी के साथ तय करवाकर खबर भिजवा दी। ज़रा-सा आराम करने के लिए पीठ टिकाई ही थी कि जग्गी बाबू का फ़ोन आया—एक मिनट के लिए आ सकते हैं?

जग्गी बाबू के पास पहुँचा तो अहम खबर मिली। मेरे बाज़ार चले जाने के बाद लल्लू, भण्डारी जी और जगतसिंह को विदा करके मालती जी अकेली जग्गी बाबू के अपार्टमेन्ट में पहुँची थीं। जग्गी बाबू ने ही सारी बात तफ़्सील से बताई थी।

—सुना, आपकी तबियत कुछ खराब हो गयी है! मालती जी ने उनसे पूछा था।

—आपको गलत खबर मिली है। जग्गी बाबू बोले थे।

—आप बैठने के लिए भी नहीं कहेंगे?

—बैठिये! कहते हुए जग्गी बाबू ने एक कुर्सी खिसका दी थी, पर मालती जी कुर्सी पर नहीं बैठी थीं। वे बिस्तर के एक कोने पर बैठ गयी थीं।

—और कोई हुक्म जग्गी बाबू ने व्यंग्य से पूछा था।

—मुझे बहुत अफ़सोस है...

—किस बात का? मैंने ज़िन्दगी में जो कुछ किया है या जो कुछ मेरे साथ हुआ है, मुझे किसी बात का अफ़सोस नहीं है। कोई अफ़सोस नहीं है। जग्गी बाबू ने कहा था।

—सचमुच? मालती जी ने बहुत गहरायी से टटोलते हुए पूछा था।

—हाँ!

—लेकिन मेरी वजह से आपको जो कुछ सुनना पड़ा है या बर्दाश्त करना पड़ा है, मुझे उसका अफ़सोस है। और कुछ न भी हो तो भी इतना तो मैं हमेशा चाहती रही हूँ कि हमारा साथ रहना, या अलग रहना...हमारे बीच की बात रहे! मालती जी बोली थीं—इसमें दूसरे लोग दखल क्यों दें?

—यह तो तुम्हारी दुनिया की बातें हैं, तुम बेहतर जानती होगी! मुझे तो

मालूम नहीं कि राजनीति की तुम्हारी दुनिया के क्या-क्या उसूल हैं। मैं मामूली आदमी हूँ और मामूली तरीके से ही अपनी ज़िन्दगी बसर करना चाहता हूँ। ये खून खौला देने वाले तनाव...दिमाग खराब कर देने वाली कमीनी हरकतें...ये नीचता की हद तक सड़ांध में उतार लेने वाली तुम लोगों की मजबूरियाँ और ये उठा-पटक, छीना-झपटी...यह सब मेरी दुनिया है ही नहीं...

—आपकी सब बातें सही हैं। पर मैं हमेशा यही सोचती रही कि पति-पत्नी के रूप में, या उस रूप में न भी सही...मेरा और आपका रिश्ता...हमारे आपसी फैसलों का रिश्ता है—मालती जी ने कहा था।

—इससे मैं कब इनकार करता हूँ। लेकिन जो फैसला हमें लेना था, वह तो हम बारह बरस पहले ले चुके हैं! जग्गी बाबू बोले थे।

—इसके बावजूद...मालती जी कुछ हिचकिचाकर बोली थीं—यह तो आप भी जानते हैं कि आपसे अलग होने के बाद मैंने अपनी व्यक्तिगत ज़िन्दगी में कभी कोई ऐसा कदम नहीं उठाया जो आपके लिए अपमान का कारण बनता! मेरी ज़िन्दगी में कोई पुरुष या प्रेमी या पति कभी भी रहा है तो वह सिर्फ़ आप ही रहे हैं!...इतना कहकर मालती ने उदास नज़रों से जग्गी बाबू को देखा था।

—मैंने कभी यह नहीं कहा कि कोई और रहा है। जग्गी बाबू ने कहा।

—लेकिन अगर दूसरे कहें, तो?

—तो मैं क्या कर सकता हूँ?

—आपको इससे तकलीफ़ नहीं होती...

—होती है मालती...होती है...जग्गी बाबू भावुक हो आये थे।

—बस, इतना ही मुझे जानना था...सिर्फ़ अपने लिए। मालती जी ने कहा था और उनकी आँखें भर आयी थीं।

—और सिर्फ़ अपने लिए मैंने तय किया था कि मैं त्यागपत्र देकर लिली को लेकर यहाँ से भी चला जाऊँगा। कहीं और कोई काम ढूँढ लूँगा! जग्गी बाबू बोले थे।

—यह आप नहीं करेंगे। मेरे कारण आप दस तरह की बातें सुनें, बर्दाश्त

करें और अपने ढर्रे से उखड़ जायें...यह मैं बर्दाश्त नहीं कर पाऊँगी...प्लीज़, आप रिज़ाइन नहीं करेंगे...मालती जी ने इसरार से कहा था।

—कोई रास्ता पलटता नहीं मालती...रास्ते तो, अपनी राह चले जाते हैं...आदमी पलट जाता है...लेकिन मैं अब आदमी कहाँ रह गया हूँ...मैं अब सिर्फ़ एक रास्ता रह गया हूँ...वह भी केवल लिली के लिए! उसे अभी मेरी ज़रूरत है। जब उसे भी ज़रूरत नहीं रहेगी तो रास्तों की तरह ही मैं अपनी राह चला जाऊँगा...जग्गी बाबू ने भावुक होकर कहा था।

—कैसी बातें कर रहे हैं आप? मालती जी ने पिघलते हुए कहा था।

—ठीक कह रहा हूँ मालती! हूँ तो आदमी ही...पर एक रास्ते की तरह रह गया हूँ। कभी-कभी कुछ पलों के लिए आदमी बनता हूँ तो सब कुछ उसी तरह व्यापने लगता है, जैसे एक आदमी को व्यापना चाहिए...कुछ देर के लिए दुःख-सुख, ममता-प्यार सब उमड़ता है...उसके बाद सब समाप्त हो जाता है...मैं महज़ एक रास्ता रह जाता हूँ। इसलिए मेरी बातों के गलत अर्थ कभी मत लगाना...जग्गी बाबू ने कहा था।

—किन बातों के? मालती जी ने पूछा था।

—वही...जो कुछ इस बीच कभी-कभी मेरे मन ने उमड़कर तुम्हारे लिए कुछ किया, या किसी ज़रिये से कुछ कहने की कोशिश की। पीले गुलाब की कली ने शायद तुमसे कुछ कहा होगा...पर उससे मेरा मकसद यह नहीं था कि तुम लौट आओ या मैं पलट आऊँगा। हमारी-तुम्हारी ज़िन्दगी में एक खूबसूरत क्षण कभी आया था, उसे मैंने एक बार और जी लिया। बस! इसके अलावा मेरा कोई और मकसद नहीं था। न होगा! जग्गी बाबू ने बात-साफ़ कर दी थी।

—शायद आपने उस दिन मेरी बात का बहुत बुरा माना था जब मैंने आपसे इतने बरसों बाद कुछ कहा था...

—नहीं, बिलकुल नहीं...सिर्फ़ अपने पर अफ़सोस हुआ था कि कुछ न चाहते हुए, कुछ न माँगते हुए, कोई तमन्ना न करते हुए भी ये खूबसूरत क्षण क्यों मेरे भीतर जाग पड़ते हैं? अब, जबकि इन क्षणों से कुछ भी लेना-देना नहीं है, तब

ये क्यों लौट आते हैं...इसका अफ़सोस ज़रूर हुआ था।

—और अब?

—कोई अफ़सोस नहीं!

—सच!

—हाँ!

—आपने अपने को पत्थर बना लिया है?

—नहीं।

—तो...कभी कुछ कहूँ—तो मानेंगे?

—जब तुम्हें कुछ कहने की ज़रूरत पड़े तो बता देना।

—अब भी ऐसे ही सोचते रहेंगे...

—और क्या कर सकता हूँ! इतना भरोसा ज़रूर दे सकता हूँ कि तुम जब भी, जो भी मुझसे चाहोगी, हमेशा मिलेगा। जो कुछ तुम्हें चाहिए...मैं हमेशा दूँगा! जग्गी बाबू ने गहरी नज़रों से मालती जी को देखा था।

—मेरे लिए इतना ही बहुत है! मालती जी ने बहुत उदासी से कहा था—अच्छा, तो मैं जाऊँ...बहुत लोग इन्तज़ार कर रहे होंगे।

और वे चुपचाप चली गयी थीं।

सब कुछ बताकर, जो भी उनके और मालती जी के बीच घटित हुआ था, वे मेरी ओर देखने लगे थे। मैं भी चुप था। फिर उन्होंने ही पूछा था—गुरुसरन जी, इस सबका मतलब क्या है? आज बारह बरस हो गये, मुझे मालती से कुछ लेना-देना नहीं रहा है...मैंने कभी उसका रास्ता भी नहीं काटा। न उसके ज़रिये कुछ चाहा...पर वह हमेशा यही समझती रही कि मुझे शायद उसकी ज़रूरत पड़ेगी...उस दिन भी उसके कमरे में जो कुछ हुआ, वह भी इसी बात का सबूत था। वह नहीं चाहती थी कि मैं किसी से कहूँ कि मालती मेरी बीवी रही है। लेकिन आज यह आना, मेरी तबियत का पता करना...कुछ समझ में नहीं आता। पिछले बारह बरसों में भी तो बीमार पड़ा होऊँगा...उसे पता भी चला होगा। जब मेरा ऑपरेशन दिल्ली में हुआ था, तब भी वह वहीं थी, पर तब भी उसे जानने की ज़रूरत महसूस नहीं

हुई थी...लिली के बारे में भी जानने की उसने कोशिश नहीं की...यह सब क्या है? अब ऐसा क्या हो गया है...

जग्गी बाबू यह सवाल मुझसे कर रहे थे! मैं कैसे उन्हें बताता कि ज़रूरत पड़ने पर और वक़्त आने पर मालती जी कुछ भी कर सकती हैं—इस बात का एहसास आपको मुझसे ज़्यादा होना चाहिए! पर मेरा मन यह कह नहीं पाया। मेरा चुप रहना ही बेहतर था।

~

और इस घटना के बाद ही चमत्कार हुआ।

मैं कभी सोच नहीं सकता कि यह सब भी हो सकता था। मुझे उस समय तक विश्वास नहीं हुआ जब तक सब घटित नहीं हो गया। सभी अवाक् और बौराये हुए थे, क्योंकि किसी के लिए भी यह विश्वास कर सकना सम्भव नहीं था।

हमारे चुनाव-अभियान की यह अन्यतम और शाहकार मीटिंग थी। गाँधी मैदान में सभा आयोजित हुई थी। बहुत भीड़ थी। इतनी कि हमने कल्पना तक नहीं की थी। जितने आदमी थे, उतनी ही औरतें। मालती जी के कारण औरतों में अतिरिक्त उत्साह था। पुराने बाज़ार में सिर पर मालती जी ने जो चोट खायी थी, वह बहुत कारगर साबित हुई थी। भीड़ या जनता में किस तरह बातें फैलती हैं और कैसी-कैसी कहानियाँ साँसें लेने लगती हैं, इसका अन्दाज़ उस दिन की सभा से ही लग सकता था। पूरा गाँधी मैदान खचाखच भरा हुआ था और हर तरफ़ यही चर्चा थी कि मालती जी जैसी दबंग और साहसी औरत का जवाब नहीं। उनका कद एकाएक बहुत बड़ा हो गया था। सब लोग उनके सामने अपने को जैसे बौना मानने लगे थे। और राजनीति में यही सबसे बड़ा क्षण होता है—बराबरी का ऐलान करते हुए बराबर वालों से बड़ा हो जाना! बराबर वालों को यह एहसास करा देना कि कोई उनसे बहुत बड़ा है, यही मालती जी ने हासिल किया था।

जनता ऐसे उमड़ी थी जैसे किसी देवदूत को देखने आयी हो। गाँधी मैदान

में सुननेवालों के अलावा खोम्चे वाले भी आ गये थे। वह सभा नहीं, मेला लग रहा था। तमाशबीन भी थे, पर केवल तमाशबीन ही नहीं थे। वे मालती जी को देखना भी चाहते थे। झण्डों की भरमार थी। कागज़ की झण्डियाँ लिये बच्चे घूम रहे थे। खोम्चेवाले बहुत प्रसन्न थे—

हम लोग—यानी मैं, भण्डारी, मिर्ज़ा साहब और चुनाव-कार्यालय के बाकी लोग—पहले ही सभास्थल पर पहुँच गये थे। यह तो मुझे मालूम था कि लाला दीनानाथ वाला कर्मकाण्ड आज होगा, क्योंकि सब बातें तय हो गयी थीं। लेकिन उससे भी बड़ा आश्चर्य उपस्थित होगा, इसका शायद किसी को कोई अन्दाज़ नहीं था।

यह सारी कार्रवाई कुछ ज़्यादा ही नाटकीय ढंग से रखी गयी थी।

सभा मंच पर चहल-पहल थी। लाउडस्पीकर पर गाने चल रहे थे। सब लोगों को मालती जी का इन्तज़ार था। मंच पर आने का रास्ता बायीं ओर से था—जहाँ कारें आराम से आकर रुक सकती थीं। पर लल्लू बाबू के बन्दोबस्त का लोहा भी मानना पड़ता है और अक्ल की दाद देनी पड़ती है।

एकाएक हमने देखा—मंच के सामने, जहाँ भीड़ प्रतीक्षा कर रही थी उसके पीछे कुछ कारें आकर रुकीं। उनमें से काफ़ी लोग उतरे। बन्दोबस्त के मुताबिक हमारी पार्टी के वालंटियर झण्डे फहराते हुए दायें-बायें से आये और 'मालती जी ज़िन्दाबाद' के नारे लगाने लगे। श्रोताओं की पिछली वाली पंक्तियों में हलचल मच गयी। श्रोताओं के बीच से जो पतला रास्ता छोड़ा गया था, उसी से नमस्कार लेतीं मालती जी आयीं। पीछे फहराते हुए झण्डे और जयघोषों की बौछार।

लल्लू बाबू तो आगे-आगे थे ही...सबसे बड़े आश्चर्य की बात यह थी कि मालती जी के साथ-साथ जग्गी बाबू भी चले आ रहे थे। यह चमत्कार कैसे हुआ था...यह मेरी समझ में नहीं आया था। मैं भी अवाक् था।

आखिर सब मंच पर आ गये। जगतसिंह मालती जी से ज़्यादा जग्गी बाबू की देख-भाल कर रहा था। होटल के मालिक नरसी सेठ भी साथ थे। पर जग्गी बाबू का जो सम्मान आज था, वह नरसी सेठ का भी नहीं था। मालती जी के साथ बहुत आदर से जग्गी बाबू को बैठाया गया। उन्हें भी मालाएँ पहनाई गयीं।

जो जग्गी बाबू को नहीं जानते थे, वे निश्चय ही उन्हें कोई बड़ा नेता समझ रहे होंगे।

यों मालती जी के माथे पर लगी चोट ठीक हो चुकी थी, पर मैंने देखा, उसी जगह पर खासा बड़ा फाहा लगाकर प्लास्टर-पट्टियों से चिपकाया गया था, कुछ इतना बड़ा कि काफ़ी दूर से भी दिखाई दे।

और तब सभा शुरू हुई।

लल्लू बाबू ने माइक पकड़ा, ठुक-ठुक किया। कुछ आवाज़ नहीं सुनाई दी तो लाउडस्पीकरवाले की तरफ़ देखकर बोले—ये बोलेगा न, भइये!

अपनी आवाज़ सुनाई पड़ते ही उन्होंने मोर्चा सँभाला—भाइयो और बहनो! चन्द दिन पहले अपने इस मशहूर शहर में वह सब हुआ है, जो कभी नहीं हुआ था। इस शहर की अपनी एक शानदार परम्परा और इतिहास है...हमारा यह शहर अपनी शानो-शौकत और तहज़ीब के लिए मशहूर रहा है और आज भी है। गन्दगी, भद्दी बातें, लड़ाई-दँगे-फसाद, कमीनी हरकतें, अफ़वाहें और बेसिर-पैर के गन्दे इल्ज़ाम लगाने की परम्परा हमारे इस शहर की नहीं रही है। और यह सब यहाँ के तहज़ीबपरस्त, कलाप्रेमी और अमनपसन्द बाशिंदों के रहते हुए हुआ है, जो किसी सभ्य और शालीन आदमी को दुःख पहुँचा सकता है। यह सभा, आज की सभा इलेक्शन की मीटिंग नहीं है बल्कि यह अपने शानदार शहर की शानदार परम्पराओं को फिर पेश करने और सड़ांध तथा कीचड़ से भर गये इस वातावरण को साफ़ करने के लिए आयोजित है। इलेक्शन जीत लेना आसान होता है; पर जो गन्दगी और कीचड़ उछाला जाता है, उसे साफ़ करना बहुत मुश्किल है।

...अपने यहाँ दंगा हुआ! इतिहास में पहली बार! और आपने उन अखबारों को भी देखा होगा, जिनमें कुछ ज़लील और गलत इल्ज़ाम मालती जी पर लगाये गये! आज उन सब बातों की सफ़ाई होगी और आपके सामने होगी। आपको मालूम हो कि दंगाग्रस्त इलाकों में जाकर, वहाँ की जनता की तकलीफ़ों में शामिल होकर और वहशी हो गये लोगों को रास्ते पर लाने की कोशिश के दौरान मालती जी ख़ुद भी गुण्डों की मार की शिकार हुई थीं। लेकिन वे बहुत हिम्मत वाली महिला हैं...साहस

से भरी हुई नेता हैं! चोट अभी ठीक नहीं हुई है, लेकिन फिर भी वे हमारे बीच आयी हैं! अब मैं मालती जी से दरख़्वास्त करूँगा कि वे अपनी बातें आपसे कहें—मालती जी!

तालियों की एक ज़बर्दस्त बौछार आयी, मंच पर भी तालियाँ बजने लगीं। मैंने जग्गी बाबू को देखा—वे समझ ही नहीं पा रहे थे कि अपने हाथों का क्या करें...इधर-उधर अचकचाकर देखने के बाद तालियों की रौ में उन्होंने बड़े बेढंगे तरीके से एक बार ताली बजाई, फिर अपने दोनों हाथ मेज़ के नीचे लटका लिये। उनकी उलझन साफ़ थी।

माइक का घुटना तोड़कर वहीं फिट किया गया, जहाँ मालती जी थीं। यों मालती जी हमेशा उठकर मंच पर खड़े होकर भाषण देती थीं। पर आज कुछ खास ही बात थी। शायद वे जग्गी बाबू से दूर नहीं जाना चाहती थीं।

मालती जी ने शुरू किया—बहनो और भाइयो! यह जो 'बहनो और भाइयो' की आज मैंने आवाज़ लगाई है...यह जो सम्बोधन किया है, इसका आज एक खास अर्थ है! आज मैं जनता की ही अदालत में नहीं, बल्कि अपनी बहनों और अपने भाइयों की अदालत में इन्साफ़ माँगने आयी हूँ। लोगों ने मुझसे कहा, मैं कानूनी अदालत में जाऊँ! मैंने कहा : वह मेरी अदालत नहीं है! मेरी अदालत यह है, जहाँ इस वक़्त मैं मौजूद हूँ!

तालियों की बौछार फिर हुई। मिर्ज़ा साहब उछले और पासवाले से बोले—सुभान अल्लाह! क्या बात है! मालती को नज़र न लगे...अदब बोलती हैं अदब! वल्लाह...

...तो भाइयो! कुछ दिन पहले अखबारों में आपने पढ़ा होगा...मैं तो इतनी गन्दी भाषा जुबान पर भी नहीं ला सकती, लेकिन क्या करूँ, आपकी अदालत में मामला पेश करने के लिए मुझे इल्ज़ामों की फेहरिस्त भी पढ़नी ही होगी और उसी भाषा में, जिस भाषा में वे लिखे गये हैं...

इस बीच जगतसिंह ने अखबार निकालकर मालती जी के हाथों में थमा दिया था।

...तो, सुनिये! इल्ज़ाम लगाया गया है—मालती जी के चुनाव-अड्डे—गोल्डन

सन में शराब और शबाब से भरी रंगीन रातें!

...यह भाषा आपने सुन ली! अरे, हमने तो अपना चुनाव-कार्यालय एक झोंपड़ी में खोला था...लेकिन यह समझकर कि मैं एक औरत हूँ और डर जाऊँगी, उन लोगों ने क्या सलूक किया, जो आज यह लिख रहे हैं! हमारे कार्यालय को लूटा गया, उसमें आग लगाई गयी और हमारे शान्त कार्यकर्ताओं को बुरी तरह पीटा गया...अब आप बताइये, या तो मैं डरकर चुनाव के मैदान से भाग जाती, या ईंट का जवाब पत्थर से देती...ये दोनों ही रास्ते बुज़दिली के होते हैं। मैं कायर नहीं हूँ...बुज़दिल नहीं हूँ...

तालियों की फिर बौछार हुई, मिर्ज़ा साहब फिर उछले।

...इसलिए...इसलिए...इसलिए—मालती जी जनता के शान्त होने का इन्तज़ार कर रही थीं—इसलिए, हमने तय किया कि होटल में कार्यालय खोला जाये, जिससे कि मेरे चुनाव में जी-जान से जुटे लोग कम-से-कम अपने हाथ-पैर तो सलामत रख सकें...आखिर ये सब भी बाल-बच्चे वाले लोग हैं...आप ही बतायें, मेरे सामने और क्या रास्ता था? खैर...और यह खबर कि होटल में शराब की नदियाँ बह रही हैं, कितनी गलत और बेहूदा है, मैं क्या बताऊँ! लेकिन आपकी अदालत में आयी हूँ तो झूठ नहीं बोलूँगी...अगर दूसरे देशों के लोग, विदेशी लोग हमारे घर आयें और उनके स्वागत-सत्कार के लिए कुछ किया जाये, तो क्या यह गलत है? शराब को हम गलत मानते हैं, पर वे पानी की जगह उसे पीते हैं...क्या हम घर-आये मेहमान की बेइज़्ज़ती करें? और यह किसी ने नहीं लिखा कि उन्हीं विदेशियों ने गाँव में हमारे साथ जाकर भगवान का चरणामृत भी पिया? हम अगर अपनी संस्कृति का सम्मान करते हैं तो ज़रूरी हो जाता है कि विदेशियों की संस्कृति का भी सम्मान करें! जो दूसरों का सम्मान करना नहीं जानता, उसका सम्मान कोई नहीं करता...

...तो शराब की बात मैंने आपके सामने सच्चाई से साफ़ कर दी...अब शबाब वाली बात को लें...ये शब्द ही इतना गन्दा है कि मुझे कुछ भी कहते संकोच होता है...क्या यही हमारी तहज़ीब है कि हम अपनी बहनों के शरीरों के लिए शबाब शब्द का इस्तेमाल करें?

...और जिस होटल का नाम लेकर यह गलीज़ प्रचार किया गया है, उसी होटल के मालिक नरसी सेठ और मै...मै...मै...ने...जर...साहब मेरे साथ यहीं मौजूद हैं!

मालती जी जग्गी बाबू को मैनेजर कहते और उनका नाम लेते हिचकिचाई थीं, इसलिए, मैनेजर साहब, जैसे-तैसे कहकर उन्होंने उस वक़्त अपना काम निकाल लिया था। जग्गी बाबू ने भी बहुत अटपटा महसूस किया था...पर यह तो पब्लिक मीटिंग थी, यहाँ सारा काम धड़ल्ले से होना था।

और वे आगे बोली थीं—नरसी सेठ ने हमें फ्री रहने की जगह दी है, हमें फ्री खाना देते हैं! इसलिए कि इनका भी उन्हीं उसूलों में विश्वास है जिनमें हमारा है...मेरा कहना सिर्फ़ इतना है कि वे लोग जो गन्दगी उछालते हैं...मुझे बदनाम कर लें, क्योंकि उन्हें हारने का खतरा मुझसे है। इन बेगुनाह लोगों को क्यों बीच में लपेटते हैं? मैं खुलेआम कहती हूँ कि इन गन्दे और गलीज़ लोगों को जो बदला लेना हो, मुझसे लें...उन लोगों पर कीचड़ उछालना बन्द करें, जिनका कोई दोष नहीं है!

नरसी सेठ का नाम जब मालती जी के भाषण के दौरान आया था तो वे अपनी कुर्सी से उचके थे। उन्हें इस बात की तमीज़ नहीं थी कि उनका नाम किस सन्दर्भ में आ रहा है। उन्हें सिर्फ़ यही खुशी थी कि उनका नाम आ रहा है और वह भी मालती जी जैसी नेता के ज़रिये! मालती जी ने जब खाने और रहने की फ्री व्यवस्था का ज़िक्र किया था तो नरसी सेठ को उम्मीद थी कि उनकी दरियादिली पर तालियाँ बजेंगी...और वे हाथ पर हाथ तैयार रखे थे। तालियाँ न बजने से उन्हें खासी मायूसी हुई थी, पर इतना सन्तोष उन्हें ज़रूर था कि फ्री वाली बात मालती जी ने कह दी थी।

फिर मालती जी ने आगे कहा—अब मैं अपनी बहनों से मुखातिब होना चाहती हूँ।...और इसी बीच जगतसिंह ने फ़ाइल से निकालकर 'महिला समाज' वाला पर्चा थमा दिया था। उसे हवा में लहराते हुए मालती जी ने कहा—यह पर्चा एक नापैद संस्था महिला समाज की ओर से बँटवाया गया है। मैं जानती हूँ कि आपने इसे

देखते ही नाली में फेंक दिया होगा...क्योंकि इस पर्चे से जो बदबू आती है, उसे कोई भारतीय नारी बर्दाश्त नहीं कर सकती।

मिर्ज़ा जी एकाएक ताली बजाते हुए चीखे—हीयर...हीयर! और तालियों की गड़गड़ाहट भीड़ से होती हुई गुज़र गयी।

मालती जी ने प्रशंसा की दृष्टि से मिर्ज़ा साहब को देखा और आगे बोलीं—क्या करूँ, आप सब हाज़रीन मुझे माफ़ करेंगे...मुझे इस पर्चे की भाषा में ही फिर बात करनी पड़ेगी। इसमें, इस पर्चे में पहला सवाल पूछा गया है—श्री...श्री—वर्मा...

लल्लू बाबू ने माइक में मुँह घुसेड़कर कहा—भाइयो और बहनो! मालती जी अपने पति का नाम नहीं ले पा रही हैं, उनका नाम है श्री जगदीश वर्मा। होटल गोल्डन सन के मैनेजर साहब श्री जगदीश वर्मा!

मालती जी ने सूत्र जोड़ा—पूछा गया है कि गोल्डन सन के मैनेजर मेरे पति हैं, या प्रेमी हैं या...यार! ...आप ही बताइये, यह जुबान क्या हमारे घरों की है? लेकिन खैर...मैं इसका जवाब भी दूँगी। भाइयो और बहनो...खासतौर से मेरी बहनो! मुझे यह कहना है कि ये...ये...मालती जी ने बहुत स्निग्धता से जग्गी बाबू की तरफ़ देखा था, और उसी क्षण लल्लू बाबू ने जग्गी बाबू को दूल्हे की तरह उठाकर खड़ा कर दिया था और मालती जी ने आगे कहा था—जी! यही हैं मेरे पति! पति परमेश्वर, मेरे दोस्त, मेरे प्रेमी और मेरे यार! जो कुछ भी हैं, यही हैं! और ये मेरे साथ आपकी अदालत में मौजूद हैं!

तालियों की गड़गड़ाहट से सारा मैदान और मंच बड़ी देर तक गूँजता रहा था। जनता ने मालती जी की साफ़ बयानी और साहस के सामने अपना माथा झुका दिया था और वह अनथके तालियाँ बजाती जा रही थी।

जग्गी बाबू निर्लिप्त-से खड़े थे। उनकी समझ में नहीं आ रहा था कि वे क्या प्रतिक्रिया व्यक्त करें। किधर देखें, खड़े रहें या बैठ जायें...उनकी समझ में कुछ नहीं आया तो सामने पड़ी मालाओं के ढेर में से फूल नोचकर वहीं उसकी पत्तियाँ गिराते रहे।

मिर्ज़ा जी आपे से बाहर हो गये थे। तालियाँ बजाते-बजाते और भीतरी आह्लाद

से खुश होते-होते उनकी आँखों में आँसू भर आये थे।

जब उत्साह का तूफ़ान कुछ शान्त हुआ तो मालती जी ने बेहद भरे हुए गले से कहा—मैंने अपने पति को लाकर आपकी अदालत में खड़ा कर दिया। अब मेरे बारे में, मेरे चरित्र के बारे में, मेरी बच्ची के बारे में आप जो कुछ पूछना चाहें...इन्हीं से पूछ लीजिये! मेरे पास सबसे बड़ा जवाब यही हैं! मेरे पति...और ये आपके सामने मौजूद हैं—इससे ज़्यादा मैं और क्या कह सकती हूँ। एक औरत अपने चरित्र पर लगे इल्ज़ाम का सबसे बड़ा सबूत क्या दे सकती है! कहते-कहते मालती जी का गला रुंध गया था। उनसे बोला नहीं जा रहा था।

लल्लू बाबू ने तपाक से मेरी ओर देखा—देख क्या रहे हो, एक गिलास पानी लाओ भइये।

जब तक मालती जी ने पानी पिया और आँसू पोंछे, तब तक मिर्ज़ा साहब माइक पर ख़ुद आ गये और दहाड़ने लगे—मैं अपने मुल्क की सदियों पुरानी कल्चर और अपने इस शहर की शानदार तवारीख के नाम पर धब्बा लगाने वालों के मुँह पर थूकता हूँ और उन्हें आगाह करता हूँ कि आइन्दा वे ऐसे ज़लील हथकण्डे काम में न लायें...नहीं तो उनका हश्र अच्छा नहीं होगा। मेरे शहर की जनता उन लोगों को फाड़कर खा जायेगी जो औरतों और बहनों के पाक नामों पर कीचड़ उछालने की कोशिश करेंगे...

—'मालती जी! ज़िन्दाबाद!' जनता के बीच से जयघोष आया!

उसी जयघोष में तमाम आवाज़ें मिल गयीं और दूर पर दिखाई पड़ा कि ऐन वक़्त पर लाला दीनानाथ अपने संगी-साथियों के साथ नारे लगाते उसी रास्ते से चले आ रहे हैं, जिससे मालती जी आयी थीं। उनके कार्यकर्ता झण्डे उठाये हुए थे। जनता सहमी-सी रह गयी। समझ ही नहीं पायी कि यह क्या माजरा है। हमारे वालंटियरों ने उन्हें सुरक्षा दे रखी थी। आखिर दीनानाथ जी मंच पर आये। सबने लपककर उनका स्वागत किया और कुछेक क्षणों की आपाधापी के बाद लल्लू बाबू ने माइक पर घोषणा की—अब एक ज़बरदस्त ऐलान और है। हमारे सम्माननीय बुज़ुर्ग और

नेता लाला दीनानाथ इसी मंच से आपसे कुछ कहेंगे। लाला दीनानाथ जी!

दीनानाथ जी आये और अपने लहज़े में बोलने लगे—बहिन मालती जी और उपस्थित दोस्तों! मुझे अधिक कुछ नहीं कहना है। मात्र इतना है कि मालती जी जैसी निर्भीक और बुद्धिमान तथा साहसी नेता के हाथों में हमारा भविष्य सुरक्षित है! जो कुछ मैं आप सबके लिए कर सकता हूँ, उससे अधिक मालती जी कर सकती हैं, इसलिए मैंने यह तय किया है कि मैं चुनाव नहीं लड़ूँगा...अब नाम तो वापस नहीं लिया जा सकता, पर मैं अपने सारे कार्यकर्ताओं और समर्थकों से विनती करता हूँ कि वे अब मालती जी का साथ दें। जो वोट वे मुझे देने वाले थे, वे मालती जी को दें। मैं अब उनके साथ हूँ—और साथ रहूँगा! मालती जी की जीत हम सब की जीत है! नमस्कार...

—'मालती जी! ज़िन्दाबाद!' भीड़ फिर गरजी...तालियों की आवाज़ से कान के पर्दे फटने लगे। लाला दीनानाथ के लिए लल्लू बाबू ने मालती जी के पास वाली वह कुर्सी खाली करवानी चाही, जिस पर अभी तक जग्गी बाबू बैठे थे।

—आप मेरी कुर्सी पर आ जाइये! लल्लू बाबू ने जग्गी बाबू से कहा और लाला दीनानाथ के हाथ पकड़कर धन्यवाद देते हुए उन्हें खींचकर ले आये और जग्गी बाबू की दुबारा खाली की गयी कुर्सी पर उन्होंने लाला दीनानाथ को बैठा दिया।

लल्लू बाबू लाला दीनानाथ की कुर्सी के हत्थे पर झुके हुए कुछ बात करने लगे तो उनका कँधा जग्गी बाबू के लगा। जग्गी बाबू ने धीरे-से ख़ुद ही लल्लू बाबू के लिए कुर्सी खाली कर दी—आप बैठिये...बात कीजिये...मैं इधर बैठ जाऊँगा...कहते हुए जग्गी बाबू कुछ खिसियाये-से कोने वाली कुर्सी पर बैठ गये।

मैंने बहुत तकलीफ़ से देखा था। जग्गी बाबू की जगह फिर बीच से कोने की तरफ़ हटने लगी थी। लेकिन मैं क्या कर सकता था! गनीमत यही थी कि नरसी सेठ इस बीच चुपचाप उठकर चले गये थे।

अब प्रोग्राम के नाम पर कुछ खास नहीं रह गया था। भीड़ उठने लगी थी तो मिर्ज़ा साहब ने माइक से अगली सभाओं की सूचना देनी शुरू कर दी थी।

थके-हारे हम लोग भी लौट आये थे। लाला दीनानाथ मालती जी के साथ उन्हीं की कार में होटल तक गये थे। जग्गी बाबू को लल्लू बाबू ने मेरे साथ बैठा दिया था। जग्गी बाबू न खुश थे, न नाराज़...वे वीतराग थे।

हम लोग लौटे तब तक अँधेरा हो चुका था। जग्गी बाबू ने रास्ते में कोई खास बात नहीं की। सबके चेहरों पर जीत का सन्तोष था। कुछ ऐसा भाव कि आज मैदान सर कर लिया है। और यह भाव गलत भी नहीं था। हुआ यही था। सचमुच जनता पर बेहद असर पड़ा था। विरोधियों को हमने पीट लिया था। होटल में आकर उतरे तो मैं जग्गी बाबू के साथ ऊपर चला गया था।

जग्गी बाबू नाखुश नहीं थे। पर वे समझ ही नहीं पा रहे थे कि जो कुछ हुआ, वह कैसे हुआ। मैंने उनसे धीरे से कहा—चुनाव खत्म हो जायें, तो मेरे खयाल से आप और मालती जी पंचमढ़ी हो आइये...

—क्यों? उन्होंने बिना समझे-बूझे ही पूछ लिया था।

—या लिली को यहाँ बुला लीजिये!

वे धीरे से मुस्कुराये। फिर बोले—कुछ समझ में नहीं आता...हमारी ज़िन्दगी का क्या रूप हो सकता है! आखिर क्या शक्ल होगी? गुरुसरन जी, ज़िन्दगी एक बार बदशक्ल हो जाये तो बहुत मुश्किल होता है...उसे दुबारा वही पुराना सुन्दर रूप देना! मेरी समझ में कुछ भी नहीं आता...

इसी समय एक बेयरा नीचे से तार लेकर आ गया था...तार लिली का था—पापा! मैं यहाँ पूरे होस्टल में अकेली हूँ। मन नहीं लगता है। आप आकर मुझे ले जाइये!

उन्होंने तार मेरे हाथ में दे दिया। वे बहुत उदास हो गये थे। मैंने बात बदलनी चाही, बोला—जिस तरह बातें आज घटित हुई हैं, उन्हीं के बल पर कह रहा हूँ जग्गी बाबू, कि लिली के पास या तो आप दोनों चले जाइए या उसे यहाँ बुला लीजिये—यही ठीक होगा।

मुश्किल यह है गुरुसरन जी, कि जैसे बाहरी दुनिया में बातें घटित होती हैं, वैसी आपसी दुनिया में नहीं होतीं। मेरे लिए वापस लौटना सम्भव नहीं है...मेरा मन अपनी तरह रहते-रहते इसी तरह रहने को तैयार हो चुका है...जग्गी बाबू ने कहा।

मैंने यही उचित समझा कि उन्हें उनके खयालों के साथ छोड़ दिया जाये, ताकि वे कुछ और सोच सकें और किसी नतीजे पर पहुँच सकें तो अच्छा हो।

~

मैं कार्यालय में आया तो सब जुटे हुए थे। लल्लू बाबू का भाषण चल रहा था— मुझसे पूछिये तो इलेक्शन तो जीत लिया, भइये! अब रह क्या गया है! सबकी ज़मानतें ज़ब्त न हुईं तो मुझसे कहना...चन्द्रसेन का तो सामान नीलाम होगा, देख लेना। न हो तो मुझसे कहना भइये! फिर उन्होंने धीरे से मुझसे कहा—इन लोगों को काटो भइये! काफ़ी रात हो गयी, अपने-अपने घर जायें। ज़रा से नमकीन का इन्तज़ाम हो जाये तो मज़ा आ जाये भइये!

जैसे-जैसे मालती जी की जीत निश्चित होती गयी, उनके आस-पास भीड़ बढ़ती गयी। अब चुनाव अभियान ने पूरा ज़ोर पकड़ लिया था। अखबारवाले, जो हमेशा विरोध में ही लिखा करते थे, उनके टोन में भी फ़र्क आ गया था। लेकिन लल्लू बाबू सतर्क थे—इत्मीनान नहीं करना चाहिए भइये! इलेक्शन का ऊँट कब किस करवट बैठ जाये, कुछ पता नहीं होता...इसे घेरकर खड़े रहना चाहिए...

विरोधी दलों और उम्मीदवारों के काफ़ी कार्यकर्ता टूट-टूटकर हमारी ओर आ रहे थे, पर लल्लू बाबू की दृष्टि सबको देख रही थी। मिर्ज़ा साहब काफ़ी बड़े जत्थे को लेकर आये थे—ये सब अपने साथ शामिल होने को तैयार हैं...

मालती जी बहुत खुश हुई थीं, पर लल्लू बाबू ने तत्काल आग्रह किया था—सोच-समझकर तय कीजिये। अब इस वक़्त नये लोगों को शामिल करना मेरे खयाल से ठीक नहीं होगा, हाँ! ये लोग भीतर से तोड़-फोड़ करने की साज़िश भी कर सकते हैं...

—तो जो आप ठीक समझिये कीजिये...मालती जी ने सारी ज़िम्मेदारी लल्लू बाबू पर डाल दी थी। लल्लू बाबू के रवैये से मिर्ज़ा साहब थोड़े दुःखी भी हुए थे, पर वे भी जानते थे कि चुनाव तक लल्लू बाबू की बात ही चलेगी। इसलिए मिर्ज़ा

साहब ने और आगे की सोची—क्यों लल्लू बाबू, जीतने के बाद किस तरह के जशन का इन्तज़ाम किया जाये?

—नाच-गाना करवाइये! क्यों भइये! उन्होंने मेरी तरफ़ देखकर आँख मारी।

—पब्लिक फंक्शन की बात कर रहा हूँ।

—नरसी सेठ को पटाइये...सब कार्यकर्ताओं की एक शानदार दावत हो जाये तो क्या कहने! लल्लू बाबू ने सुझाव दिया।

एक मुशायरा करवा दिया जाये तो कैसा रहे? मिर्ज़ा साहब ने समर्थन चाहा, तो लल्लू बाबू ताड़ गये, बोले—लगता है, आपने कोई नज़्म कही है!

और मिर्ज़ा साहब झेंप गये, लेकिन उन्होंने बात को सँभाला—शहर में बहुत से शायर हैं, यह कहिये कि भोपाल शायरों का शहर है...हर गली-कूचे में शायर पड़े हुए हैं, सभी चाहेंगे कि मालती जी की जीत को शानदार तरीके से मनाया जाये और उन्हें भी उसमें शामिल होने की खुशी हासिल हो...

—तो जो ठीक समझिये, कर लीजिये। हमें तो आप एक शाम कव्वाली सुनवा दीजिये...चाहे मेरे अकेले सुनने का ही इन्तज़ाम हो जाये! क्यों भइये...

—यह भी हो जायेगा! तो चलता हूँ...और मिर्ज़ा साहब उठकर चले गये। लल्लू बाबू ने खुराक ली और बोले—नमकीन का इन्तज़ाम नहीं हुआ, भइये!

सुबह से फिर हलचल शुरू हो गयी। फ़ोन बराबर बजता रहा। तरह-तरह के लोग जानकारी चाहते रहे और प्रशंसा करते रहे। इसके बावजूद मैंने यह अनुभव किया कि अब राजनीतिक दाँव-पेंच और गहरे उतर गये थे। वे सतह से बहुत नीचे पहुँच गये थे। और कुछ गम्भीर मंत्रणाएँ चालू हो गयी थीं। मालती जी ने अगले दिन के कार्यक्रम ऐसे रखे थे, जो खास नहीं थे। ज़्यादातर लोग उनसे अकेले में ही मिल रहे थे। यानी बाहरी प्रदर्शन का काम शायद उतना ज़रूरी नहीं रह गया था। लल्लू बाबू के मुताबिक हमें बाहरी काम को और ज़ोर-शोर से चलाना था, पर वह सब अब मुख्य लोगों के सहारे नहीं, बल्कि दूसरे और तीसरे नम्बर के लोगों को सौंपा जा रहा था।

प्रत्येक पोलिंग बूथ के लिए पोलिंग एजेंट नियुक्त करने का काम मुझे

सौंप दिया गया था। महिलाओं को निकालकर लाने और वोट डलवाने के लिए औरतों की एक पूरी फ़ौज खड़ी हो गयी थी। उसका इंचार्ज एक खुर्राट महिला को बना दिया गया था। गाँव के इलाके में बनियों की वसूली करने वाले घूम रहे थे, जिनका लल्लू बाबू ने विरोध किया था। यह बात सही भी थी, वसूलयाबी करने वालों को सभी घृणा से देखते हैं, इसलिए जगतसिंह को खासतौर से सिहोर गाँव के इलाके में भेजा गया था कि वह जाकर दूसरे ज़िम्मेदार लोगों को खोजें और काम पर लगायें।

अभी दोपहर ही हुई थी कि एक ग्रामीण-सा लगता आदमी साइकिल पर आया था। तमाम झण्डे लगाये और अपनी पूरी गृहस्थी साइकिल में लटके झोलों में भरे, उलझे बाल और बदहवास आँखें...मैंने उसे देखा तो पहचाना-सा लगा। यह वही आदमी था जो सिहोर गाँव में मैंने देखा था। जिसने भरी सभा में मालती जी से कहा था—खाते वक़्त सब अँगुलियाँ बरोबर हो जाती हैं, और जिसे सभा में से जगतसिंह उठा ले गया था।

आते ही उसने सवाल किया—सरदार भगतसिंह कहाँ हैं? मैं उनसे मिलना चाहता हूँ! उस पागल की आँखें जल रही थीं।

मैं सकपकाया। वह चीखा—बीबी सी आई, ई आई आर...जलियाँवाला बाग...काकोरी ट्रेन डकैती...इलाहाबाद! चन्द्रशेखर आज़ाद कहाँ हैं? मुझे अभी उनसे मिलना है।

सब लोग जमा हो गये थे, जगतसिंह ने उस पागल को समझाया—आप बैठिये, अभी सब आ जायेंगे...

—कौन-कौन आयेगा? वह पागल चीखा।

—सब आ जायेंगे...भण्डारी जी एक प्याला चाय दीजिये। जगतसिंह ने आवाज़ लगाई।

—कहाँ है फिरंगी की तोप? कहाँ है मेरा सुभाषचन्द्र बोस? वह बूढ़ा फिर चीखा—मुझे सुभाषचन्द्र बोस से मिलना है। उन्हें लेकर मेरे पास आओ...।

—आप खामोशी से बैठेंगे या नहीं? जगतसिंह ने सख्त पड़ते हुए कहा।

—क्या? खामोश। मैं अब खामोश नहीं बैठूँगा। तुम सबको गोली से उड़ा दूँगा। कहते हुए उस पागल बूढ़े ने एक तमंचा निकाल लिया था—और क्रान्तिकारियों की तरह सबकी तरफ़ दिखाते हुए चीखने लगा था—हरामज़ादे! सबको भूनकर रख दूँगा।...मक्कारो, सीने से गोलियाँ पार कर दूँगा।

सब लोग सकते में आ गये थे, जगतसिंह ने बात बिगड़ती देखी तो लपककर उस बूढ़े को ज़ोर से एक मुक्का मारा था, वह बिलबिलाता हुआ ज़मीन पर गिर गया था। कुछ देर बाद वह डरा हुआ-सा उठकर अपनी साइकिल लेकर दीवार के सहारे चुपचाप बैठ गया था और फूट-फूटकर रोने लगा था।

जगतसिंह ने ही बताया था कि वह बूढ़ा कभी-कभी पागलपन की बातें करता है। कुछ देर के लिए दिमाग चल जाता है, फिर ठीक हो जाता है। जब ठीक हो जाता है तो अक्लमंदी की बातें करता है। वह बस यों ही अपनी साइकिल पर झण्डा लगाये और झोले लटकाये इधर-उधर घूमता रहता है। भूख लगती है तो बकता है।

~

मुझे नहीं मालूम, शाम की मीटिंग कैसी हुई, क्योंकि मैं गाँवों की ओर चला गया था। लौटा तो देर हो गयी थी। हाल-चाल बताने के लिए ऊपर गया तो बिन्दा मिला, उसने बताया—मालती जी कुछ ज़रूरी कागज़ देख रही हैं।

आस-पास फैली महक से मैं समझ गया था कि इस वक़्त मिलना मुश्किल होगा। लेकिन बिन्दा ने बैठा लिया। रोशनदान की झिरी से, जहाँ से रोशनी फूट रही थी, सिगरेट का धुआँ तैरता हुआ आ रहा था। मैंने दरवाज़े की ओर देखा—मालती जी चश्मा लगाये थीं, शाल कँधों पर पड़ा था। कुछ कागज़ भी पलटती जा रही थीं और सिगरेट भी पीती जा रही थीं। एश-ट्रे बगल में रखी थी, उनका हाथ राख झाड़ने के लिए एश-ट्रे तक गया था, ज़रा-सा ठिठका था, फिर वे खिड़की के पास गयी थीं, वहीं सिगरेट की राख झड़ककर उन्होंने दो कश और लिये थे और सिगरेट

बुझाकर खिड़की से नीचे फेंक दी थी। एश-ट्रे मेज़ से उठाकर साइड-टेबल पर रख दी थी और कागज़ देखने में फिर मशगूल हो गयी थीं।

मैं चुपचाप उठ आया था। गलती से लिफ़्ट ऊपर चली गयी तो सोचा जग्गी बाबू को भी देखता जाऊँ। वे जाग रहे थे। दोनों हथेलियाँ सिर के पीछे टिकाये चुपचाप लेटे थे। मुझे देखते ही उठकर बैठ गये। बोले—मैं आपको ही याद कर रहा था, सोच रहा था कि फ़ोन करके बुला लूँ।

—बताइये...मैं हाज़िर हूँ! मैंने कहा।

—अब मैं परेशान हूँ!

—क्यों, क्या हुआ?

—मैं भी सब बातें साफ़ कर लेना चाहता हूँ...इस तरह त्रिशंकु की तरह बीच में लटका नहीं रहना चाहता। आखिर इस सारे नाटक का मतलब क्या है? जग्गी बाबू बोले।

—किस नाटक का?

वे उठे और झटके से उन्होंने एक पैकेट खोलकर मेरे सामने कर दिया—यह सब क्या है? यह किसलिए भेजा गया है?

मैंने देखा—उसमें लिली के लिए कुछ कपड़े थे। कुछ किताबें और कुछ स्वीट्स।

—यह किसलिए भेजा गया है? यह क्या तमाशा है?

मैं जग्गी बाबू का गुस्सा भाँप गया था, मेरा चुप रहना ही बेहतर था। मैंने अपनी असहमति जताई थी और इतना ही कहा था—मैं आज इधर था नहीं। मैं गाँव की तरफ़ गया हुआ था। अभी कुछ देर पहले ही वापस आया। मालती जी की आपसे मुलाकात हुई थी या...

—यह जगतसिंह लाया था!...यह किस चीज़ का इनाम है? उन्होंने ऊँची आवाज़ में मुझसे पूछा था।

—बहुत बड़ी गलती की है मालती जी ने...मुझे कुछ वक़्त दीजिये मैं उनसे बात करूँगा...मैं सकपकाकर कह गया था।

—आप क्या बात करेंगे, बात मैं करूँगा! वे गुस्से में ही बोले।

—मेरे खयाल से आप कुछ दिन और रुक जायें—इलेक्शन हो जाये तो सब बातें खुलकर कर ली जायें!

—क्यों! हर बात उनकी सुविधा, उनकी ज़रूरत और उनके वक़्त का इन्तज़ार क्यों करती रहे? किसलिए? अब हर बात मालती की ज़रूरत और वक़्त के मुताबिक नहीं होगी...मेरी अपनी ज़रूरत और वक़्त के मुताबिक होगी! जग्गी बाबू ने होंठ चबाते हुए कहा था।

—मेरे खयाल से अगर आप चार-पाँच दिन और रुक जायें तो बेहतर है। जिस दिन वोट पड़ेंगे, सब सन्नाटा होगा, वे एकदम खाली होंगी...लोग भी नहीं होंगे, तब ठीक रहेगा। मैंने उन्हें समझाया—इतनी-सी मेरी बात मान लीजिये।

वे बन्द पिंजरे में शेर की तरह टहलते रहे। मेरे लिए उठकर आना मुश्किल हो रहा था। अँधेरा चारों तरफ़ भरा हुआ था। उनके चेहरे पर रोशनी की लकीर आती और हट जाती थी। जग्गी बाबू की तकलीफ़ बहुत सही और गहरी थी। लेकिन किया क्या जा सकता था? मैं यह भी नहीं चाहता कि मालती जी का सारा काम अन्तिम दिनों में बिगड़ जाये। 'मैं सुबह आऊँगा' कहकर मैं उठने लगा था।

—जाइये, आप भी आराम कीजिये! जग्गी बाबू ने कहा था—मैं कोई बात नहीं करूँगा। क्यों करूँ? खामख्वाह इस मामले में पड़ गया हूँ...मुझे क्या ज़रूरत है...कहकर वे बिस्तर पर लेट गये।

मैं भी उठकर चला आया। चलते-चलते यों ही कह आया था—मैं सुबह आऊँगा।

यों सुबह जग्गी बाबू से मिलने का कोई कारण तो नहीं था, पर कह आया था, इसलिए गया तो देखा...अपार्टमेन्ट में ताला बन्द है। नीचे उतर कर आया। असिस्टेंट मैनेजर से पूछा तो उसने बताया वे कहीं गये हैं।

—कहाँ?

—यह तो पता नहीं। शायद अपनी बच्ची के पास पंचमढ़ी गये हों। और कहीं वे जाते भी नहीं।

—इसका मतलब है, छुट्टी लेकर गये हैं!
—जी!

मैं सन्न रह गया। हालाँकि चुनाव-बुखार काफ़ी तेज़ था, पर मेरा हाल बुरा हो गया था। एक तो काम का बोझ—ऊपर से यह ज़बरदस्त झटका! मैं कार्यालय में आकर चुपचाप लेट गया था। कुछ भी समझ में नहीं आ रहा था। जग्गी बाबू ने यह क्या किया था। कहीं वे त्यागपत्र देकर तो नहीं चले गये? कहीं कुछ और तो नहीं कर बैठेंगे? अपने सम्मान और अपनी अकेली दुनिया को लेकर जीने वाले आदमी की यही तो मुश्किल होती है। मुझे समझ में नहीं आ रहा था कि मालती जी ने जगतसिंह के हाथों लिली के लिए वह पैकेट क्यों भिजवाया था। क्या मालती जी ने जग्गी बाबू और लिली को कपड़ों और कुछ उपहारों से तौलना चाहा था। ये उपहार क्या बदसूरत उपहार में नहीं बदल गये थे? मैं चुपचाप पड़ा सोच ही रहा था कि लल्लू बाबू ने पास से गुज़रते हुए पूछा—थक गये भइये? आज शाम तुम भी एक खुराक लेना...

मुझे कुछ भी अच्छा नहीं लग रहा था। तभी साइकिल की घंटी बजी और दरवाज़े के पार वही बूढ़ा पागल दिखाई दिया। उसने वहीं से आवाज़ लगाई—जगतसिंह जी! हमारे साथ ग़रीबी मिटाने चलेंगे? आइये, चलिये।

इस वक़्त वह बिलकुल ठीक-ठीक बोल रहा था।

इतने में जगतसिंह आ गया था। उस बूढ़े को देखते ही बोला—आप फिर आ गये?

बूढ़े ने बिलकुल सामान्य आदमी की तरह कहा—मैं आपका साथ देने आया हूँ। बहुत विचार किया। मैंने बहुत विचार किया और तय किया कि एक बार आपका साथ और दिया जाये...शायद ग़रीबी इस बार मिट सके! इस बार और देखता हूँ...नहीं तो तमंचा मेरे पास है ही...भगतसिंह, आज़ाद, बिस्मिल मेरे साथ हैं ही...वह बूढ़ा फिर बहकने लगा था।

—आप उधर जाकर चाय पीजिए। कुछ नाश्ता कर लीजिये...जगतसिंह ने

कहा और उसे भण्डारी वाले कोने की ओर ठेलकर भीतर आया, उसे कोई फ़ोन करना था। फ़ोन नहीं मिला तो उठकर जाने लगा। मैंने उसे वहीं रोक दिया। बिना पूछे मेरा दिल नहीं मान रहा था। मैंने पूछा—क्यों जगतसिंह, जग्गी बाबू को वह उपहारों का पैकेट तुम दे आये थे?

—हाँ...क्यों? लल्लू बाबू ने कहा था। जगतसिंह बोला।

—लल्लू बाबू ने कहा था? पैकेट किसने दिया था, मालती जी ने या लल्लू बाबू ने? मैंने पता किया।

—लल्लू बाबू ने दिया था। यहीं दिया था। मुझसे कहा, ऊपर जाकर दे आओ और कह देना मालती जी ने भेजा है! क्यों, क्या हुआ, जगतसिंह की उत्सुकता जागी।

—कुछ नहीं। मैं सिर्फ़ यह जानना चाहता था कि वह मालती जी ने भिजवाया था या नहीं...मैंने कहा।

—ठीक-ठीक मुझे मालूम नहीं। मालती जी ने मेरे सामने तो दिया नहीं, लेकिन लल्लू बाबू ने जब कहा कि कहना, मालती जी ने भेजा है, तो उन्होंने ही भेजा होगा। और कौन भेज सकता है! आप मालती जी से दरयाफ्त कर लीजिये...कौन-सी बड़ी बात है...कहते हुए जगतसिंह चला गया।

मेरी उलझन और बढ़ गयी। यह वक़्त भी ऐसा नहीं था कि मालती जी से पूछता। वह बिगड़ पड़तीं—यह बात करने का यही मौका है? जो काम कर रहे हैं, पहले उसे देखिये।

रह-रहकर मुझे क्षत-विक्षत जग्गी बाबू का ध्यान आ रहा था। वे एकाएक बिना बताये चले गये। पता नहीं, क्या सोचकर गये होंगे! पंचमढ़ी ही गये हैं या कहीं और...लौटकर आयेंगे या नहीं? आयेंगे भी तो कब। मुझे यही लग रहा था कि सहने की कोशिश करते हुए भी भीतर से किसी भी स्थिति के लिए तैयार नहीं थे, इसलिए अन्ततः वे बर्दाश्त नहीं कर पाये। लिली की छुट्टियाँ थीं। वह अकेली होस्टल में होगी, यह बात भी लगातार उन्हें दुःख देती रही होगी और फिर लिली का तार भी आया था। रुकना मुश्किल हुआ होगा उनके लिए। हो सकता

है, वे लिली को लेकर कहीं और चले जायें...यह तो तय लग रहा था कि वे तब तक लौटकर नहीं आयेंगे, जब तक यह धूमधाम खत्म नहीं हो जाती...यानी मालती जी चली नहीं जातीं।

यह सब बहुत दुःखद था।

मुझे उम्मीद तो नहीं थी। लेकिन आते-जाते मेरी निगाहें यही खोजती रहती थीं कि कहीं वे आ न गये हों।

दूसरे दिन मैं ताल की निचली सड़क की ओर गया था जहाँ मन्त्रियों के बँगले हैं...वहाँ जग्गी बाबू से मिलने की कतई उम्मीद नहीं थी, लेकिन एक पुलिया के पास देखा—ताँगा खड़ा है, और लिली का सामान रखा है, और लिली तथा जग्गी बाबू दोनों ताल-किनारे खड़े डूबता हुआ सूरज देख रहे हैं। ताल का पानी काफ़ी उतरा हुआ था...वहाँ दो नावें पड़ी थीं। लिली उधर भाग गयी थी। जग्गी बाबू उसे आवाज़ दे रहे थे। तभी मैंने उन्हें आवाज़ दी—अरे जग्गी बाबू, आप यहाँ?

—अरे आप! हाँ...लिली को पंचमढ़ी से ले आया हूँ। स्टेशन पर उतरकर ज़िद करने लगी, ताँगे से चलिये पापा...ताल का चक्कर लगाते हुए चलिये पापा...बहुत शैतान है। ज़रा देखूँ उसे, कहीं नाव पानी में न उतार ले...कहते हुए जग्गी बाबू किनारे की ओर भागते चले गये।

मुझे जल्दी थी। मैं बाप-बेटी को कुछ क्षण देखता रहा...वे दोनों दौड़ रहे थे। लिली आगे-आगे, जग्गी बाबू पीछे-पीछे...लिली की भोली आवाज़ आ रही थी—पापा, हमें पकड़िये...पापा, हमें पकड़िये...

ताँगेवाला उन्हें अचरज और प्यार से देख रहा था।

मैं उन्हें पलट-पलटकर देखता चला आया। वे दोनों अपने में डूबे हुए थे। उन्हें किसी की परवाह नहीं थी। वे डूबते हुए सूरज को भी भूल गये थे। भागते-भागते वे दोनों काफ़ी दूर निकल गये थे। ताल का पानी सुनहला होकर लहरा रहा था। हवा धीरे-धीरे चल रही थी। किनारे की घास सरसरा रही थी। लिली के खुले हुए रेशमी बाल उड़ रहे थे।

काफ़ी लम्बा चक्कर काटकर जब मैं वापस होटल पहुँचा, तब तक जग्गी बाबू और लिली नहीं लौटे थे। रात हो गयी थी। मैं मालती जी के पास चला गया। उनसे कुछ ज़रूरी बातें करनी थीं। मन में आया भी था कि उन्हें बता दूँगा : लिली आयी हुई है, पर मैंने जानबूझकर नहीं बताया...मालती जी का सन्तुलन बिगड़ सकता था और जग्गी बाबू को बुरा लग सकता था।

~

वोटिंग के लिए तीन दिन बाकी थे। असल में तो सिर्फ़ दो दिन। परसों बारह बजे रात से सब शान्त हो जाना था। प्रचार-कार्य समाप्त हो जाना था। इसलिए ये आखिरी दो दिन थे। प्रदर्शन और प्रचार का काम भी ज़ोरों पर था और भीतर-ही-भीतर ठोस काम भी चल रहा था। मालती जी उसी में बहुत व्यस्त थीं।

लिली बहुत प्यारी बच्ची थी। सुबह मन नहीं माना तो चुपचाप उठकर उसे देखने चला गया। वह बैठी अपने पापा को अखबार की खबरें पढ़कर सुना रही थी। पापा का चश्मा लगाये हुए—इलेक्शन फ़ीवर रीचेज़ हाइएस्ट पिच! वायलेंस इन गुजरात। सुनिये पापा...आयल फांइड इन बाम्बे हाई...

—अच्छा, चश्मा उतार और देख, चाचा जी आये हैं! जग्गी बाबू ने उसे टोका। चश्मा लगाये-लगाये ही उसने शैतानी से मुझे देखा—नमस्ते अंकल!

—नमस्ते बेटे! कहकर मैंने उसे प्यार किया और बैठने लगा तो जग्गी बाबू ने कुर्सी पर बिखरी लिली की तमाम चीज़ें बटोरते हुए कहा—पूरी गृहस्थी उठा लायी है! ओह! यह टोपी देखी...गुरुसरन जी...यह लिली मेरे लिए लायी है।

रंगीन सूत की फुँदनेदार टोपी। जग्गी बाबू ने लगाई तो लिली ने आँखें चमकाईं—अच्छी है न पापा!

—बहुत बढ़िया...अच्छा अब तुम तैयार हो जाओ...हूँ, जग्गी बाबू ने कहा तो लिली चश्मा उतारकर गयी और कंघा उठा लायी...हमारे बाल बनाओ पापा। वह पापा कुछ इस प्यारे तरीके से कहती थी कि एकाएक प्यार उमड़ने लगता

था। जग्गी बाबू कंघे से उसके बाल सुलझाने लगे...सुलझाते-सुलझाते बोले—मैं जानबूझकर इसे यहाँ ले आया हूँ।

—क्यों पापा? लिली ने सवाल किया।

—कुछ नहीं बेटे। यह अपना घर नहीं है? जग्गी बाबू ने कुछ इस तरह से कहा कि लगा, वे बात बदलना चाहते हैं।

—तभी बेयरा एक ट्रे में नाश्ता लेकर आ गया—गुड मॉर्निंग लिली बेबी!

—मॉर्निंग रामसिंह अंकल! गुड मॉर्निंग...लिली चहकी।

—ये रहा लिली बेबी का दूध! बेयरे ने जैसे छेड़ते हुए कहा।

—देखिये पापा...हम दूध नहीं पियेंगे...रामसिंह अंकल को समझाइए! लिली ने रूठते हुए कहा।

—पहले गिलास भी तो देखो...उसमें क्या है! जग्गी बाबू ने रामसिंह के हाथ से संतरे के रस का गिलास लेकर सामने कर दिया। लिली मुक्त मन से मुस्कुरा दी।

—अच्छा, मैं अभी चलूँ...मैंने कहा और लिली को प्यार करके मैं चला आया।

काम तो मैं सब करता रहा पर आँखें हमेशा लिली के लिए सतर्क रहीं। इधर-उधर वह दिखाई पड़ती रही। अपने अकेलेपन में मस्त वह अपने साथ रहने की आदी हो गयी थी। कभी वह टैरेस की दीवार पर लटकी साबुन के बुलबुले छोड़ती नज़र आती...कभी काउन्टर के पार पड़ी कुर्सियों पर पैर हिलाती बैठी रहती। कभी हमारे कॉटेज के पास वाले लॉन में तितलियाँ पकड़ने आती।

~

ग़नीमत हुई कि वोटिंग शान्त ढंग से हो गयी। दंगे-फसाद की उम्मीद तो थी ही। लेकिन हम भी तैयार थे। लल्लू बाबू ने पूरी तैयारी कर रखी थी। ज़्यादा खतरा गुलशेर अहमद के आदमियों की तरफ़ से था। गुलशेर ने इस बीच जमकर साम्प्रदायिक ज़हर फैलाया था। हम लोग सतर्क थे, पर कहा क्या जा सकता था?

कब क्या हो जाये, किसी को पता नहीं होता। चन्द्रसेन तो रस्सी का साँप थे। यह बात चुनाव-अभियान के ज़ोर पकड़ते-पकड़ते साफ़ हो गयी थी। फिर भी वे निकटतम प्रतिद्वन्द्वी थे।

वोटिंग शाम पाँच बजे बन्द हो गयी। हम लोग लस्त-पस्त पड़ गये। किसी को कुछ भी होश नहीं था। सब लोग घोड़े बेचकर सो गये थे। सुबह नौ बजे से कलक्टरी में गिनती होने वाली थी, पर हमारा कोई एजेंट वहाँ नहीं पहुँचा था। आखिर पोलिंग ऑफ़िसर का फ़ोन आया और जैसे-तैसे तैयार होकर लल्लू बाबू भागे। कुछ देर बाद लोग पहुँच गये। गिनती शुरू हो गयी थी। कलक्टरी के बाहर लोगों की भीड़ जमा थी। वहाँ पहुँचकर यह अन्दाज़ हुआ था कि चन्द्रसेन और गुलशेर अहमद के लोग भी काफ़ी उत्साहित थे। ऐसी बात नहीं थी कि उन्हें जीतने की उम्मीद न हो।

अलग-अलग उम्मीदवारों के लोग कलक्टरी की चहारदीवारी के बाहर पेड़ों की छाया में जमा थे। गिनती चलने के कारण गारद का पहरा भी उस हिस्से में था। चन्द्रसेन के लोगों ने चाय की दुकानों से किराये पर तख्त लेकर अपनी गद्दी नीम के पेड़ के नीचे कायम कर ली थी। गुलशेर अहमद के मजमे में शरबत बँट रहा था।

करीब दो घंटे बाद चार-पाँच आदमी उस कमरे के दरवाज़े पर दिखाई पड़े जहाँ काउंटिंग हो रही थी। लल्लू बाबू भी उनमें थे। वे बहुत खुश नहीं थे। शेष लोग दूसरे उम्मीदवारों के एजेंट थे। बाहर खड़े लोगों के गिरोहों ने उन्हें घेर लिया—क्या हाल है? कितनी काउंटिंग हुई?

चन्द्रसेन के एजेंट ने गर्व से कहा—अब तक सात हज़ार की काउंटिंग हुई है। चन्द्रसेन जी दो हज़ार से आगे हैं।

—चन्द्रसेन ज़िन्दाबाद! चन्द्रसेन ज़िन्दाबाद! कुछ नारे लगे और चन्द्रसेन के मजमे में चाय के कुल्हड़ और गिलास चलने लगे। पत्तों पर भजिया भी आने लगी।

गुलशेर अहमद के मजमे में शरबत के गिलास रुक गये।

हम लोग खामोश थे। अभी कुछ कहा नहीं जा सकता था। अभी तो शुरुआत

थी। ऊपर-नीचे तो लगा ही रहता है। डेढ़ लाख की गिनती में बहुत बार हिचकोले लगने थे।

वह साइकिलवाला बूढ़ा पागल भी एक जगह खड़ा था। कुछ देर बाद उसने भी मजमा जोड़ लिया था। वह बोल रहा था—गाँधी जी ने गोली क्यों खायी थी? बोलो भाइयो! गाँधी जी ने गोली क्यों खायी थी? भगतसिंह फाँसी पर क्यों चढ़े थे? चन्द्रशेखर आज़ाद क्यों शहीद हुए थे? सुभाषचन्द्र बोस ने बाना क्यों बदला था? बोलो, मुझे बताओ...और इसके बाद उस बूढ़े पागल ने झोले से खंजड़ी निकाली और कान पर हाथ रखकर आलाप लेने लगा—

मेहनतकश लोगो, सावधान...
मैं डंके की चोट बताता हूँ...
कुर्सी है इनका परम लक्ष्य
कुर्सी वाला कोई भी हो...
जो कुर्सी दे, वह देशभक्त
उजला-काला कोई भी हो...
मेहनतकश लोगो, सावधान...
मैं डंके की चोट बताता हूँ...
मज़दूर-किसानों में करते
ये, बातें मज़दूर-किसानों की
पर खुली वकालत करते हैं
ये धनवानों की, सामन्तों की!
कुर्सी पर इनको याद नहीं आते
आँसू मज़दूर-किसानों के...
मैं डंके की चोट बताता हूँ
ये सब, साथी हैं शैतानों के...
मेहनतकश लोगो! सावधान!

मजमे में लोग भटकने लगे थे कि तभी एक पुलिसवाला आया। बूढ़े पागल ने डरकर उसे देखा और खंजड़ी बजाना बन्द कर दिया। पुलिसवाला चिल्लाया—तू फिर आ गया! चल भाग! और उसने उसकी खंजड़ी छीनकर एक तरफ़ फेंक दी। स्टैण्ड पर खड़ी साइकिल को गिरा दिया और बूढ़े को एक ओर धकेल दिया। बूढ़ा हँसता हुआ उठकर खड़ा हो गया। जैसे वह पुलिसवाले को खिजा रहा हो। मजमा बिखर गया। बूढ़े ने अपना सामान बटोरा और दूर एक पेड़ के नीचे बैठकर बीड़ी पीने लगा।

तब तक एजेंट फिर बाहर आये थे। फिर खबर फैली—पच्चीस हज़ार की काउंटिंग हो गयी है। चन्द्रसेन अब पाँच हज़ार से लीड कर रहे हैं, गुलशेर अहमद नम्बर दो और मालती जी नम्बर तीन।

लल्लू बाबू पैर पटकते हुए निकले थे। पास आकर गुस्से से बोले—अरे भइये, ज़िला कमेटीवालों ने गच्चा दिया है। रोटियाँ हमारी तोड़ीं, वोट चन्द्रसेन को दे आये। देखा भइये! गाँव के इलाकों की काउंटिंग पूरी हो गयी है। वहाँ तो अपना भट्टा बैठ गया। पर ये गुलशेर अहमद कहाँ से इतने भी वोट निकाल ले गया। समझ में नहीं आता, भइये!

चाय का एक गिलास पीकर और जल्दी-जल्दी भजिया खाकर लल्लू बाबू फिर भीतर चले गये। चन्द्रसेन वाले पेड़ के नीचे सबसे ज़्यादा भीड़ हो गयी थी। शहर में भी आनन-फानन खबर पहुँच गयी थी। कुछ लोग साइकिलों से, कुछ मोटरों से आये थे। कुछ जीपें भी आयी थीं...सारी भीड़ चन्द्रसेन वाले पेड़ के नीचे जमा हो रही थी। उनके दल का एक कार्यकर्ता कह रहा था—फूलमालाओं का इन्तज़ाम कर लो...जीप में पिटरोल भी भरवा लो...बाबू जी को खबर पहुँच रही है न?

—बाबू जी घर से चल चुके हैं। अभी बाज़ार में अटके हुए हैं। वहीं उन्हें खबर दे दी गयी है! किसी ने बताया था 'बाबूजी' से उनका मतलब चन्द्रसेन से था। हमारी तरफ़ सन्नाटा था। सबके चेहरों पर हवाइयाँ उड़ रही थीं। गुलशेर अहमद के खेमे में रौनक थी।

दोपहर ढलते-ढलते काफ़ी कुछ साफ़ हो गया था। कुछ ढोल-नगाड़े वाले चुपचाप आकर चायवालों की बैंचों पर जम गये थे। बीच-बीच में वे ज़रा-सा ढोल बजाकर यह जता देते थे कि बाजेवाले भी मौजूद हैं। जिन्हें ज़रूरत हो वह अभी तय कर लें। कुछ मालिनें भी आ गयी थीं—फूलों के हार लिये और गठरी में ख़ुदरा फूल बाँधे। दूर से हिजड़ों की एक टोली तालियाँ चटकाती चली आ रही थी। हिजड़े आकर बाजेवालों के साथ जम गये थे।

गुलशेर अहमद की हालत खस्ता हो चुकी थी। वे चुपचाप एक जीप में बैठे थे। उनके इर्द-गिर्द सात-आठ आदमी ही थे। बाकी लोग चन्द्रसेन के मजमे में शामिल हो गये थे। कुछ भीड़ अब हमारी तरफ़ भी बढ़ रही थी। लीड तो चन्द्रसेन ही कर रहे थे पर फ़र्क सिर्फ़ ढाई हज़ार का था। पता चला था कि चन्द्रसेन कलक्टरी के पास वाले होटल तक आ गये थे। अब वे तभी कलक्टरी पर आने वाले थे जब जीत की खबर सुनाई पड़ेगी।

मालती जी को हम लोग पेट्रोल पम्प पर लगे फ़ोन से सारी खबर दे रहे थे। आखिरी घंटे बहुत संशय के थे। तभी मैंने देखा, जग्गी बाबू लिली को लिये हुए आये थे। वे उसे सब समझा रहे थे...हिजड़े चन्द्रसेन के मजमे में नाच रहे थे। ढोलवाले धीरे-धीरे भाँप रहे थे।

—क्या हाल है गुरुसरन जी? जग्गी बाबू ने पूछा था।

—कुछ कहा नहीं जा सकता...देखिये...

—फिक्र मत कीजिये। जीत जायेंगे आप!

—कोकाकोला मँगवाऊँ? मैंने पूछा।

—नहीं-नहीं, इसे बाज़ार ले जा रहा था। सोचा, 'यह तमाशा भी दिखा दूँ!' कहते हुए वे लिली को लेकर चल दिये थे।

चन्द्रसेन के दल में कुछ लोग मालाएँ खरीदकर शामिल हो गये थे। तभी सन्तोष की मुस्कुराहट लिये लल्लू बाबू ने दरवाज़े से झाँका था। जगतसिंह दौड़कर पास गया था और वहीं से चीखता हुआ भागा था—मालती जी!

हम लोगों ने बिना जाने हुए ही नारा लगाया था—ज़िन्दाबाद!

सनसनी बढ़ गयी थी। पता चला कि मालती जी तीन हज़ार से आगे हो गयी थीं। सुनते ही हिजड़े हमारे खेमे में आकर हुड़दंग मचाने और तालियाँ चटकाने लगे। मालाओंवाले कुछ लोग धीरे से उधर से खिसक कर इधर हमारी ओर आ गये।

और हमने अपनी जीप सजाने का इन्तज़ाम शुरू कर दिया। बाजेवाले भी हमारी ओर आ गये थे। मैंने दौड़कर पम्प से मालती जी को खबर दी और इसरार किया कि वे कलक्टरी पर आ जायें। अब सिर्फ़ दस हज़ार की गिनती शेष रह गयी थी और हमें पूरी उम्मीद थी कि हम जीतेंगे।

और वही हुआ! मालती जी सात हज़ार वोटों से जीत गयी थीं। लोग पागल हो गये थे। दमादम ढोल बजने लगे थे। हिजड़े साड़ी का छोर पकड़-पकड़कर फिरकी की तरह नाचने लगे थे। फूलों की बारिश हो गयी थी। मालती जी, मिर्ज़ा साहब, लाला दीनानाथ व अन्य तमाम साथियों के साथ आ गयी थीं। खुशियों और बधाइयों के दौर के बाद जब उत्साह थोड़ा कम हुआ था तो इधर ध्यान गया।

चन्द्रसेन के कार्यकर्ता नदारद थे। तख्त खाली पड़े थे। चाय के गिलास और कुल्हड़ बिखरे पड़े थे। चन्द्रसेन सात हज़ार वोटों से हारे थे और गुलशेर अहमद की ज़मानत ज़ब्त हो गयी थी!

गुलशेर अहमद कलक्टरी के फाटक के सामने खड़े पागलों की तरह चीख रहे थे—हमारी ज़मानत कैसे ज़ब्त हो सकती है! मैं पूछता हूँ कैसे ज़ब्त हो सकती है! जब पूरा इलेक्शन जात और मज़हब के नाम पर लड़ा गया है तो मेरे साठ हज़ार मुसलमान कहाँ गये? मैं पूछता हूँ मेरे साठ हज़ार मुसलमान कहाँ गये? या तो मेरे वो साठ हज़ार मुसलमान मुझे दिये जायें, नहीं तो ज़मानत का पैसा वापस किया जाये!

उनके तीन-चार साथी ज़ोर-ज़बर्दस्ती उन्हें जीप में डालकर ले गये। घर पर जाते-जाते भी वो यही चीखते गये—मेरे साठ हज़ार मुसलमान कहाँ गये? मेरे साठ हज़ार मुसलमान कहाँ गये...

फिर एक शानदार जुलूस वहीं कलक्टरी से शुरू हुआ था। जीप में मालती जी मालाओं से लदी खड़ी थीं। मिर्ज़ा साहब शान से बगल में खड़े थे। लल्लू बाबू ड्राइवर के पास बैठे थे। मैं उनकी बगल में जमा था। जगतसिंह मालती जी के पीछे था। भण्डारी भी लटके हुए थे। कुछ और लोग भी जीप में भरे हुए थे। आगे-आगे बाजेवाले थे। हिजड़ों को मालती जी ने पैसे दिलवाकर रवाना करवा दिया था। नारों की आवाज़ से सड़क गूँज रही थी। जगह-जगह से तमाशबीन लोग कभी फूल फेंक देते, कभी नारे लगा देते थे।

बीच बाज़ार से हमारा जुलूस गुज़रा तो मैंने देखा—एक जगह पटरी पर जमा भीड़ के किनारे पर ही जग्गी बाबू भी खड़े थे। लोग नारे लगा रहे थे और मैंने देखा था—लिली उधर की रौनक देखकर कुछ चकराई-सी खड़ी थी और छोटे-छोटे हाथों से तालियाँ बजाती जा रही थी।

उसने अपने पापा से कुछ पूछा था...इधर जुलूस की तरफ़ कुछ इशारा भी किया था। जग्गी बाबू ने उसे क्या बताया था, यह तो नहीं सुन पाया, पर अपने अन्दाज़ से लगा था कि लिली ने यह पूछा होगा—पापा, ये कौन हैं?

—ये एक लीडर हैं। इलेक्शन में जीती हैं!

हमारी जीप आगे निकल गयी थी। और भीड़ के साथ ही वे दोनों भी पीछे छूट गये थे।

आधी रात के बाद हंगामा खत्म हुआ।

~

दूसरी शाम को ही वही गोल्डन सन होटल के बड़े लॉन में शहर के नागरिकों की ओर से मालती जी के लिए अभिनन्दन-समारोह आयोजित किया गया था। नरसी सेठ ने ख़ुद जग्गी बाबू को बता-बताकर सारा इन्तज़ाम करवाया था! नरसी सेठ बार-बार कहते जा रहे थे—जगदीश जी! यह तो हमारी खुशनसीबी है कि आप हमारे साथ हैं...आपको क्या कमी है...

—आप छोड़िये सेठ जी, मैं सब इन्तज़ाम करवा दूँगा। जग्गी बाबू ने कहा तो नरसी सेठ बोले—आप शर्मिन्दा मत कीजिये जगदीश जी...आपने मुझे एकदम अँधेरे में रखा...यह तो आपका बड़प्पन है!

—अरे, इस बड़प्पन में क्या रखा है? जग्गी बाबू ने कहते हुए मज़दूरों को हिदायत दी—सोफ़ा ऊपर...स्टेज पर...

शाम होते ही भीड़ पहुँचने लगी। लिली तितलियाँ पकड़ने भी नहीं आयी। लॉन में यह तामझाम था। मैंने एक बार ऊपर टैरेस की तरफ़ देखा था। उसके रेशमी बालों वाला मासूम-सा चेहरा कार्निस पर ठोढ़ी टिकाये नीचे चल रहे सजावट के सरंजाम को देख रहा था।

शानदार जलसा हुआ। स्टेज पर हम लोग नहीं गये क्योंकि यह नागरिकों का जलसा था। कई स्कूलों के बच्चे भी आये हुए थे। महिला विद्यालय की टीचर्स चुनी हुई बच्चियों को लिये खड़ी थीं। खास नागरिकों की भीड़ स्टेज पर थी। हम लोग घरवालों की तरह इधर-उधर घूम रहे थे। जग्गी बाबू बीच-बीच में आते थे, पर ज़्यादा वक़्त वे अपने केबिन के भीतर ही रहे थे।

मुझे यह अच्छा लगा था कि जग्गी बाबू ने लिली को नहीं रोका था। वह कुछ अचरज, कुछ सुलभ सहजता से इधर-उधर लोगों को ताक रही थी। कभी फुदकती हुई फव्वारों के पास चली जाती थी।

एक बार जग्गी बाबू ने आकर उसे बुलाया था—तू मेरे केबिन में चलकर बैठ...मेरे पास...

—नहीं पापा...हम ये देखेंगे! लिली ठुनकी थी।

—आइसक्रीम रखी है! वहाँ जग्गी बाबू ने उसे ललचाया था।

—हम आइसक्रीम नहीं खायेंगे पापा...प्लीज़! लिली ने कहा था और वह उधर चली गयी थी जहाँ पन्द्रस-बीस बच्चे फूलों के गुलदस्ते लिये तैयार खड़े थे।

मालती जी स्टेज पर आयीं तो तालियों की गड़गड़ाहट ने उनका स्वागत किया। एक तेजस्वी नागरिक ने माइक सँभाला और भाषण देना शुरू किया—दोस्तो! हमारे

नगर का यह सौभाग्य है कि हम अपने बीच से, अपने प्रतिनिधि के रूप में मालती जी को अपनी रहनुमाई करने के लिए भेज रहे हैं।...इनसे बेहतर रहनुमा और कौन हो सकता है! तो आज अपनी असली कार्रवाई शुरू करने से पहले मैं उन तमाम संस्थाओं के लोगों से निवेदन करूँगा कि जो मालती जी को उनकी इस शानदार सफलता पर बधाई देने के लिए यहाँ जमा हुए हैं कि वे एक-एक करके आयें और मालती जी को फूल-मालाएँ या गुलदस्ते या और जो कुछ वे अर्पित करना चाहते हैं, अर्पित करें...

एक दूसरे सज्जन नाम पुकारते गये और संस्थाओं के प्रतिनिधि आ-आकर मालती जी को फूल अर्पित करते गये। कुछ ही देर में सिलसिला टूट गया और खासी भीड़ मंच पर जमा हो गयी। मैंने लिली को खोजा—वह भागी हुई अपने पापा के केबिन की ओर जा रही थी। कुछ देर बाद वह लिफ़्ट से नीचे आयी थी। बीच में केबिन के पास जग्गी बाबू ने उसे रोका था, पर वह उन्हें कुछ समझाकर, कुछ ज़िद करके, सीधी दौड़ती हुई जलसे में चली आयी थी।

उस समय स्कूली बच्चे मंच पर थे और मालती जी को गुलदस्ते भेंट कर रहे थे। लिली बेधड़क मंच पर चली गयी थी और उसने मालती जी की ओर अपनी ऑटोग्राफ-बुक बढ़ाते हुए कहा था—मैडम, योर ऑटोग्राफ़ प्लीज़!

मालती जी ने नेता की तरह मुस्कुराते हुए उसकी ओर देखा था। जगतसिंह से कलम लेकर ऑटोग्राफ़ किया था और प्यार से उसी तरह उसका गाल भी थपथपा दिया था जैसे वे अन्य स्कूली बच्चों के थपथपाती रही थीं। लिली उनके हस्ताक्षर देखते हुए दूसरी तरफ़ से उतर आयी थी। उसी कोने पर जग्गी बाबू चुपचाप खड़े थे। खून के घूँट की तरह अपने आँसू पीते हुए।

लिली ने उत्सुकता से जग्गी बाबू को अपनी कॉपी दिखाई थी—हमने ऑटोग्राफ़ ले लिया पापा...ये देखिये...

—ठीक है बेटे! जग्गी बाबू ने उदासी से उसे थपथपा दिया था। और वे बेहद थके हुए-से अपने केबिन की ओर चले गये थे।

सजावट के लिए लगे गुब्बारों में से लिली ने एक तोड़ लिया था। और उसे

उछालती-खेलती वह उनके पीछे-पीछे चली गयी थी।

जलसा चलता रहा। लल्लू बाबू ने मुझसे कहा—आज चाय-कॉफ़ी ही चलती रहेगी भइये? चाय-कॉफ़ी पीने से मुँह का सवाद बिगड़ जाता है...

—जगतसिंह से कहें, शायद वह आपके लिए कुछ इन्तज़ाम कर दें...मैंने कहा।

—इसे छोड़ो, भइये...

तभी मिर्ज़ा साहब आ गये, तपाक से बोले—लल्लू बाबू! आपने ऐसी शतरंज बिछाई कि सब पिट गये...जवाब नहीं है आपका। असली हीरो तो आप हैं!,

—भइये, जीत जाओ तो हीरो, हार जाओ तो ज़ीरो! इस वक़्त तो अपन ज़ीरो बने घूम रहे हैं...कुछ इन्तज़ाम हो जाये तो अपन भी हीरो हो जायें, भइये! लल्लू बाबू ने आँख दबाकर कहा।

मिर्ज़ा साहब समझ गये। बोले—अरे, क्या बात करते हैं लल्लू बाबू। आपके लिए किसी चीज़ की कमी हो सकती है? लल्लू बाबू ने फ़ौरन खुराक लगी शीशी निकालकर मिर्ज़ा साहब की शेरवानी की जेब में सरका दी—इसी में रहे तो ठीक है। और एक प्लेट से मुट्ठी भर दालमोठ लेकर उन्होंने कागज़ के नेपकिन की पुड़िया बाँधी और मेरी जेब में सरका दी—पूरा इन्तज़ाम कर लिया जाये, भइये!

उधर मंच से भाषण होते रहे।

धीरे-धीरे सब शान्त हो गया। जलसा समाप्त हो गया। हम लोग अपने कॉटेज में लौट आये। मालती जी बहुत थकी हुई थीं। वे सीधी ऊपर चली गयीं।

~

अब मेला उखड़ रहा था। मालती जी को दिल्ली जाने की जल्दी थी। जगतसिंह ने सब कागज़-वागज़ समेटने शुरू कर दिये थे। बिन्दा ने सामान सँभाल लिया था। हम लोगों ने अपनी चीज़ें इकट्ठी कर ली थीं।

हिसाब-किताब बाकी रह गया था। बहुत-से पेमेण्ट्स होने थे। मालती जी

ने सुबह-सुबह ही फ़ोन करके ऊपर बुला लिया था। मैं पहुँचा तो उन्होंने कहा—मैं तो कल जाने की सोचती हूँ...यह हिसाब-किताब आप निपटाते रहियेगा...

—सब हिसाब-किताब मैं कैसे निपटा पाऊँगा! मैंने खास मसलहत से बात कही थी।

—क्यों? ऐसा कौन-सा बड़ा हिसाब-किताब है? जो ज़रूरत पड़े, बता दीजियेगा। दिल्ली से भेज दूँगी—मालती जी बोलीं।

—वहाँ से वह नहीं निपट पायेगा! मैंने कहा तो उन्होंने गौर से मुझे देखा।

—मैं समझी नहीं। वे बोलीं।

—शायद आपको मालूम नहीं...लिली आयी हुई है। दो-एक दिन में ही वापस अपने स्कूल चली जायेगी।

—लिली...वह यहीं है? सचमुच...! वे मोम की तरह पिघल उठी थीं।

—जी! आप उसे पहचान भी नहीं पायीं...

—कब, कल...मुझे पता ही नहीं...बिलकुल नहीं मालूम! वे कातर होकर बोली थीं।

—कल जलसे में जो बच्ची आपके हस्ताक्षर लेने आयी थी...

—ओह! वे बहुत गहरी साँस लेकर रो पड़ीं। जब कुछ शान्त हुई तो शून्य में देखती रही थीं! फिर धीरे-धीरे बोली थीं—मेरी ज़िन्दगी क्या हो गयी है! ओह...आँसू पोंछकर वे कहने लगीं—ऊपर होगी...चलिये। चलेंगे ज़रा...

हम ऊपर पहुँचे तो जग्गी बाबू का दरवाज़ा बन्द था। धीरे से खटखटाया तो कोई आवाज़ नहीं आयी। मैंने खिड़की से देखा : लिली और जग्गी बाबू—दोनों सो रहे थे। लिली की एक बाँह जग्गी बाबू के सीने पर रखी हुई थी। पंखा चल रहा था और एक छोटा-सा लाल गुब्बारा हवा के झोंकों में इधर-उधर उड़ रहा था। मैंने इशारे से मालती जी को बुलाया था। मालती जी खिड़की की छड़ें पकड़े एकटक देखती रह गयी थीं। वह मूर्ति की तरह जड़ हो गयी थीं।

मैं जैसे-तैसे उन्हें लेकर लौट आया था।

मालती जी भयानक हलचल में फँसी हुई थीं। उनकी समझ में कुछ नहीं

आया तो वे नहाने चली गयीं। नहाकर बाथरूम से निकलीं तो बिलकुल गृहस्थिन की तरह लग रही थीं। मैंने उन्हें गौर से देखा...कहीं कुछ बदला हुआ था। और तब एकाएक मेरा ध्यान उनके चेहरे की ओर गया था—निर्मल धुला हुआ चेहरा। खुले हुए बाल...और माथे पर एक लाल छोटी-सी बिन्दी। इस वक़्त उन्हें कोई देखता तो पहचान ही नहीं पाता कि ये वही मालती जी हैं। आते ही उन्होंने फ़ोन उठाया—क्या नम्बर है?

—जग्गी बाबू का? टू सेवन ऐट!

उन्होंने फ़ोन मिलाया। कुछ देर आहट लेकर फिर नम्बर घुमाया। फिर भी कुछ प्रतिक्रिया नहीं हुई तो बोलीं—यह लगता ही नहीं। आप देखिये।

मैंने नम्बर मिलाया। इंगेज की आवाज़ आयी—इंगेज है...

—तो जाग गये हैं। चलेंगे ज़रा...

—जागे नहीं होंगे। जग्गी बाबू सोने से पहले रिसीवर उठाकर नीचे रख देते हैं। मैंने कहा।

तब तक बिन्दा ने आकर खबर दी—चौधरी साहब मिलने आये हैं।

मालती जी को उनका आना बहुत अच्छा नहीं लगा। अभी वे बेमन से चौधरी साहब से मिलने के लिए तैयार हो रही थीं कि पता चला, दो-तीन लोग और आ गये हैं। लल्लू बाबू भी लपकते हुए आ गये थे। मालती जी को उनसे मिलने बाहर वाले कमरे में जाना ही पड़ा। उन्होंने बाल बाँधे, साड़ी ठीक की, और देखते-देखते उनका पूरा व्यक्तित्व बदल गया।

चौधरी साहब ने कहा—अरे, अब हमारे गाँव तक पक्की सड़क भी नहीं बनेगी क्या? उनके बोलते ही मुझे दावत वाला वह दृश्य याद आ गया जब वे दाल, घी और हरी मिर्च माँग रहे थे। उन्होंने बात जारी रखी—अब तो आप जीत गयी हैं...अब भी सड़क नहीं बनेगी क्या?

मालती जी का व्यक्तित्व कैसे बदलता है, यह मैंने बखूबी उसी समय देखा। दूसरे साहब बिसातियों की तरफ़ से आये थे। बोले—जी, वह तहसील की पटरी

पर हम सोलह-सत्रह बिसातियों की दुकानें हैं, म्युनिसिपल बोर्ड ने ऑर्डर जारी किया है कि दुकानें हटाई जायें। हम ग़रीब लोग हैं...आप ही बताइये, कहाँ जायेंगे? अगर आप कलक्टर साहब से कह दें और कलक्टर साहब चेयरमैन साहब से कह दें तो...वे साहब हाथ मलते खड़े हो गये थे।

—क्यों भइये, चुनाव-प्रचार के दौरान हम अपना झण्डा लगाने गये थे, तब तो आप लोगों ने दुरदुरा के भगा दिया था। जिनका झण्डा फहराया था, उन्हीं से कहो जाकर...वे कलक्टर साहब से कहें, कलक्टर साहब चेयरमैन साहब से कहें, समझे भइये! लल्लू बाबू ने बिना हिचके बिसातियों की ओर से आये आदमी से कह दिया था।

बिसातियों के प्रतिनिधि का मुँह उतर गया था। वह मालती जी की ओर देखता रहा कि शायद कुछ बात बन जाये। मालती जी ने सीधा जवाब दे दिया—इसमें मैं क्या कर सकती हूँ? यह तो चुँगीवालों का मामला है!

वे जल्दी से जल्दी सबको टरका देना चाहती थीं।

आखिर हम सबसे निपटकर फिर ऊपर पहुँचे। लिली साबुन के बुलबुले बना रही थी। जग्गी बाबू तैयार हो रहे थे।

—आइये। जग्गी बाबू ने बहुत कायदे से कहा।

लिली उन्हें देखती रह गयी। मालती जी की आँखें लिली पर ही उलझी रह गयीं। लिली अपने बुलबुले बनाने में मशगूल थी। बड़े कठिन क्षण थे।

जग्गी बाबू ने टाई बाँधते हुए पूछा—कहिये। कोई और ज़रूरत? मैं आपके किसी और काम आ सकता हूँ!

एक क्षण के लिए भयानक सन्नाटा छा गया। फिर टूटती-सी आवाज़ में मालती जी ने कहा—लि...ली...से...

—लिली बेटे, देखो ये तुमसे मिलने आयी हैं। इधर आओ! जग्गी बाबू ने बात बहुत आसान कर दी। लिली साबुन की शीशी रखकर उनके पास आकर ठिठक गयी।

मालती जी का बाँध टूट गया। मालती जी ने उसे प्यार से बाँहों में समेटते

हुए गीली आँखों को झपकते हुए कहा–बेटे, मैं...मैं...तुम्हारी माँ हूँ!

–जी! लिली ने बेहद मामूली तरीके से कहा और बारी-बारी से उसने हम तीनों को आँख उठाकर देखा, जैसे वह मालती जी के शब्दों का अर्थ ही न समझी हो!

–तुम मेरी बेटी हो...मेरी! मालती जी ने उसे प्यार करते हुए कहा।

–जी! लिली ने ऐसे जवाब दिया जैसे स्कूल में किसी सख्त मास्टरनी ने सवाल समझाकर पूछा हो–समझ में आ गया?

–तुम मुझे पहचानती हो?

–जी! लिली ने उसी तरह कहा था और कसमसाकर वह उनकी बाँहों से निकल गयी थी।

–अच्छा हुआ कि तुम आ गयीं! जग्गी बाबू ने माहौल की जड़ता को फिर तोड़ा था–एक दिन लिली के सामने मुझे सब साफ़ करना था। इसे बताना था कि तुमने इसे जन्म तो दिया है, पर तुम इसकी माँ नहीं हो! अच्छा हुआ कि वह वक्त आज ही आ गया...इस एकाएक और अकस्मात् आ गये अंधड़ के बाद फिर किसी नतीजे पर पहुँचना ज़रूरी हो गया था...

–कैसा नतीजा?

–यही कि लिली भी सच्चाइयों को जान ले!

–कैसी सच्चाइयाँ?

–हूँ! जग्गी बाबू व्यंग्य में मुस्कुराये थे–यही, जो सामने हैं। लिली भी जान ले कि तुम क्या हो...अब वह समझदार हो रही है...

–माँ के अलावा और मैं क्या हो सकती हूँ उसके लिए!

–जो कल थीं...जब उसने ऑटोग्राफ़ लिया था...वह भी तो सच्चाई ही थी। नहीं? जग्गी बाबू ने कहा था।

–मुझे कुछ भी मालूम नहीं था...मालती जी दुःखी स्वर में बोली थीं।

–उसे भी नहीं मालूम था!

सन्नाटा फिर छा गया था। लिली अबोध आँखों से सब कुछ देख रही थी।

वह जैसे सुन कुछ नहीं रही थी। मालती जी ने आँखें पोंछ ली थीं। जग्गी बाबू ने सख्त नज़रों से उन्हें देखा था। फिर कुछ अटककर बोले थे—मेरे खयाल से तुम मुझे लिली का वास्ता देकर किसी नतीजे पर पहुँचने के लिए मजबूर नहीं करोगी!

—आप मुझे पूरी तरह ज़लील कर लेना चाहते हैं! मालती जी के स्वर में थोड़ी सख्ती थी।

—और तुम मुझे पूरी तरह इस्तेमाल कर लेना चाहती हो...देखो मालती, अब मेरी पूर्ति...मेरे जीवन की मंज़िल लिली के सफ़र में ही पूरी होगी। मुझे अपनी पूर्णता लिली के ज़रिये ही मिलेगी...और तुम्हारी मंज़िल की यात्रा में न लिली की कोई जगह है, न मेरी।

—सुनिये, आप लिली को लेकर दिल्ली आ सकते हैं?

—किसलिए?

—मुझे कल जाना है...अगर आप आ सकें तो...

—लिली को भी कल जाना है! देखो मालती, ज़िन्दगी में हर चीज़ नहीं मिलती। आदमी को चुनाव करना पड़ता है कि उसे क्या चाहिए...इस चुनाव में जो चीज़ें छूट जाती हैं, उनके लिए दुःख नहीं करना चाहिए! तुमने जो ठीक समझा...उसे चुन लिया था। मैंने जो ठीक समझा, वह चुन लिया था। अब पछताना कैसा?

—पछताना...मालती जी की बात अधूरी रह गयी थी।

—हाँ मालती, पछताने में कुछ नहीं रखा है, जीतनेवाला तो जीतता ही है, हारनेवाला भी एक दिन जीत जाता है...लेकिन पछतानेवाला हमेशा पछताता ही रह जाता है।

—मैं पछता नहीं रही हूँ!

—यही ठीक है! इसलिए यह और भी ठीक है कि हम बार-बार पछताने के लिए बार-बार न मिलें। हम जब-जब मिलें...पछताते ही रहें। बेहतर है कि हमारे सामने जो कुछ है उसे साहस से स्वीकार करें। जो है, वह है; जो नहीं है, वह नहीं है!

—हाँ—जो है, वह है। जो नहीं है, वह नहीं है! मालती जी ने बहुत गहरी साँस लेकर कहा था।

—फिर भी तुम हो, मैं हूँ और लिली भी है...लेकिन हम अपनी-अपनी जगह पर हैं! आज की ज़िन्दगी इतनी ज़्यादा उलझनों से भरी हुई है मालती, कि अपनी सब भावनाओं के लिए, अपनी सब इच्छाओं के लिए जी सकने का पूरा-पूरा वक़्त किसी के पास नहीं है, टुकड़ों-टुकड़ों में जीना और पछताना...क्या रखा है इसमें! जग्गी बाबू ने कहा था और वे कोट पहनकर तैयार हो गये थे।

मालती जी उन्हें उठता देख ख़ुद भी खड़ी हो गयी थीं।

—मालती...इतने दिनों अकेले रहकर मैंने यही सोचा है। तुम्हें अपनी बेरफ़्तार दौड़ती ज़िन्दगी में सोचने का वक़्त ही कहाँ मिला है? मशीनें नहीं सोचतीं, मशीनों के लिए आदमी सोचता है! और सफलता...सफलता सिर्फ़ एक मशीन है! अब तुम औरत नहीं—एक सफलता बन गयी हो! अब तुम भी कुछ नहीं हो। सिर्फ़ एक सफलता रह गयी हो...अब तुम्हारी मुक्ति और ज़्यादा सफल होते जाने में है...और कोई रास्ता नहीं है। यही तुम्हारा एकमात्र रास्ता है...जग्गी बाबू बोले थे।

मालती जी ने आँखें भरकर उन्हें देखा था। लिली को देखा था। आगे बढ़कर उन्होंने बहुत प्यार से लिली को चूमा और बेतरहा रो पड़ी थीं। फिर आँखें नीचे किये-किये ही उन्होंने जग्गी बाबू को नमस्ते की थी और आँचल मुँह में दबाये बाहर आ गयी थीं।

उन्हें कमरे में छोड़कर मैं नीचे चला आया था। कमरे में घुसते ही उन्होंने इतना ही कहा था—गुरुसरन जी, आज मैं किसी से भी नहीं मिल पाऊँगी। जो भी आये, समझा दीजियेगा।

~

दूसरे दिन मालती जी को जाना था। स्टेशन पर बहुत भीड़ जमा हुई थी। वही मालाएँ और फूल।

जग्गी बाबू भी लिली को पहुँचाने जा रहे थे। दोनों की गाड़ियाँ पाँच मिनट के अन्तराल से छूटती थीं। दो दिशाओं को जाने वाली गाड़ियाँ! एक दिल्ली, दूसरी पंचमढ़ी। जग्गी बाबू लिली को लिये हुए आये थे। लिली की पतली उँगलियों में खाने का पैकेट झूल रहा था—वही गोल्डन सन वाला। जग्गी बाबू ने चुपचाप वह पैकेट बिन्दा को थमा दिया और लिली को लिये हुए अपनी गाड़ी की ओर चले गये थे।

मालती जी की गाड़ी जब छूटी तो वे भरी आँखें लिये दरवाज़े पर नमस्ते करती खड़ी थीं और नारे लग रहे थे—मालती जी! ज़िन्दाबाद! मालती जी! ज़िन्दाबाद!

उन्हें विदा देकर मैं जग्गी बाबू की गाड़ी पर आ गया था। लिली अपनी वही साबुन के बुलबुलों वाली शीशी लिये खिड़की के पास बैठी थी। आखिर उनकी भी गाड़ी छूटी। लिली बुलबुले उड़ाती चली जा रही थी। जग्गी बाबू चुपचाप कहीं देख रहे थे।

मैं भारी कदमों से लौट रहा था। कानों में 'मालती जी! ज़िन्दाबाद!' के नारे गूँज रहे थे और लग रहा था कि अब अपनी खिड़की की छड़ें पकड़े मालती जी को शायद वही दृश्य दिखाई दे रहा होगा जो उन्होंने कल सुबह खिड़की से देखा था—लिली और जग्गी बाबू को गहरी नींद में सोते हुए। लिली की नरम बाँह उनके सीने पर रखी हुई और हवा के झोंकों में इधर-उधर टकराता हुआ वह लाल गुब्बारा...फ़ोन का नीचे रखा हुआ रिसीवर...

और जग्गी बाबू...वे शायद देख रहे होंगे...लिली को प्यार करके एकदम फूट-फूटकर रो पड़ने वाली मालती जी को...या अपना गिलास छुपा लेने वाली मालती जी को...या लिली को ऑटोग्राफ़ देने वाली मालती जी को...

और लिली साबुन के बुलबुले उड़ाती अपने में मस्त होगी।

इसके सिवा वे तीनों और क्या कर रहे होंगे!

❑❑❑

राजपाल एण्ड सन्ज़ की स्थापना एक शताब्दी पूर्व 1912 में लाहौर में हुई थी । आरम्भिक दिनों में अधिकतर धार्मिक, सामाजिक और देश-प्रेम की पुस्तकें प्रकाशित होती थीं और हिन्दी के अतिरिक्त अंग्रेज़ी, उर्दू व पंजाबी भाषा में भी पुस्तकें प्रकाशित की जाती थीं ।

1947 में भारत-विभाजन के बाद राजपाल एण्ड सन्ज़ को नए सिरे से दिल्ली में स्थापित किया गया और साहित्यिक पुस्तकों के प्रकाशन का आरम्भ हुआ । रामधारी सिंह दिनकर, महादेवी वर्मा, बच्चन, अज्ञेय, शिवानी, आचार्य चतुरसेन, विष्णु प्रभाकर, राजेन्द्र यादव, मोहन राकेश, रांगेय राघव, कमलेश्वर और अन्य साहित्यिक लेखकों की कृतियाँ यहाँ से प्रकाशित होने लगीं । राजपाल एण्ड सन्ज़ से प्रकाशित *मधुशाला, कुरुक्षेत्र, मानस का हंस, आवारा मसीहा, कितने पाकिस्तान, आषाढ़ का एक दिन* जैसी पुस्तकें हिन्दी साहित्य की 'क्लासिक पुस्तकें' मानी जाती हैं और आज भी लोकप्रियता के शिखर पर हैं । भारत के राष्ट्रपतियों और प्रधानमंत्रियों की पुस्तकें प्रकाशित करने का गौरव भी राजपाल एण्ड सन्ज़ को प्राप्त है । नोबेल पुरस्कार से सम्मानित अर्थशास्त्री डॉ. अमर्त्य सेन की सभी पुस्तकों के हिन्दी अनुवाद यहाँ से प्रकाशित हैं । अन्तरराष्ट्रीय चर्चित पुस्तकों के अनुवाद, विश्वविख्यात कोशकार डॉ. हरदेव बाहरी द्वारा सम्पादित 'राजपाल' शब्दकोशों की शृंखला और किशोरों के लिए सैकड़ों पुस्तकें राजपाल एण्ड सन्ज़ से प्रकाशित हुई हैं ।

पाठकों के स्वस्थ और सुरुचिपूर्ण मनोरंजन और ज्ञानवर्धन के लिए समर्पित राजपाल एण्ड सन्ज़ से हिन्दी और अंग्रेज़ी में पुस्तकें प्रकाशित होती हैं जो देश के सभी बड़े पुस्तक-विक्रेताओं और विश्व भर के ऑनलाइन विक्रेताओं के यहाँ उपलब्ध हैं ।

राजपाल एण्ड सन्ज़

1590 मदरसा रोड, कश्मीरी गेट, दिल्ली-6, फोन: 011-23869812, 23865483
email: sales@rajpalpublishing.com, facebook: facebook.com/rajpalandsons
website: www.rajpalpublishing.com

जो मैंने जिया

कमलेश्वर की आत्मकथा का पहला खण्ड, *जो मैंने जिया* के नाम से प्रकाशित होते ही चर्चा का विषय बन गया था। इसे पाठकों ने भी सराहा था क्योंकि इन संस्मरणों के माध्यम से उन्हें पिछले 50 वर्षों के हिन्दी साहित्य के विशेषकर हिन्दी कहानी के क्रमिक विकास और सम्बन्धित साहित्यकारों-कहानीकारों को निकट से जानने-पहचानने का अवसर मिला था।

अपनी मौलिक सूझबूझ और नज़रिये को लेकर लगातार चर्चित तथा विवादास्पद रहने वाले कमलेश्वर की यादें रोचक भी हैं और पाठकों को अपने साथ अतीत व भविष्य में बहा ले जाने का माद्दा भी रखती हैं। उम्र की एक खास दहलीज़ पर पैर रखते ही आदमी को अचानक बीते दिन घेरने लगते हैं, यादों के धुंधले अक्स साफ़ दिखने लगते हैं और बेतहाशा याद आने लगते हैं—वक्त की पिछली गलियों, मोड़ों, चौराहों पर पीछे छूट गये लोग।

और इन यादों के झरोखे से दिखाई देती है एक पूरी दुनिया—हलचलों, दोस्ती-दुश्मनी, आधी शताब्दी के अनेक छोटे-बड़े साहित्यिक कारनामों और इतिहास-प्रसंगों से भरी-पूरी दुनिया। *जो मैंने जिया* में कमलेश्वर की इसी दुनिया का चित्रण है।

ISBN: 9788170281220
पृष्ठ: 224

यादों के चिराग

यादों के चिराग कमलेश्वर की आत्मकथा का दूसरा खण्ड है जिसमें उनके नितांत आत्मीय और अंतरंग संस्मरण हैं और उन्होंने जो कुछ भी लिखा है पूरी ईमानदारी से। इन संस्मरणों की विशेषता है—इनकी बेबाकी और स्पष्टवादिता, जिसमें उन्होंने न अपने आपको बख़्शा है और न ही सम्बन्धित पात्रों को।

आत्मकथा का यह दूसरा खण्ड तो है ही, साथ ही हिन्दी कहानी विशेषकर नई कहानी, का प्रामाणित सफ़रनामा भी है—कमलेश्वर की अपनी विशिष्ट रोचक शैली में। यादों के चिराग को हिन्दी अकादमी के विशिष्ट कृति पुरस्कार से सम्मानित किया गया था।

ISBN: 9788170282587
पृष्ठ: 160

जलती हुई नदी

प्रख्यात कहानी-उपन्यासकार कमलेश्वर की गणना हिन्दी के सर्वश्रेष्ठ साहित्यकारों में की जाती है । उन्होंने अपनी आत्मकथा भी लिखी थी जो तीन खण्डों में प्रकाशित है । *जलती हुई नदी* उनकी बहुचर्चित आत्मकथा का तीसरा भाग है । आत्मकथा-लेखन में कमलेश्वर का यह नया प्रयोग एक तरह से एक नयी विधा की–सृष्टि करता है । उन्होंने न खुद अपने को बख़्शा है, न दूसरों को, और सचाई, जिसे वे सापेक्ष ही मानते हैं क्योंकि दूसरों की सचाई कुछ और भी हो सकती है–उनकी क़लम से निर्बाध बहती रहती है ।

ISBN: 9788170282983
पृष्ठ: 206

प्रमुख स्थानीय व ऑनलाइन पुस्तक विक्रेताओं के यहाँ उपलब्ध या इस वेबसाइट से मँगवाएँ

www.rajpalpublishing.com

समग्र कहानियाँ

1950 के दशक में नई कहानी साहित्यिक आन्दोलन शुरू हुआ जिससे हिन्दी लेखन में एक नई दिशा और सोच की शुरुआत हुई। कमलेश्वर उस आन्दोलन के एक मुख्य स्तम्भ थे। उसी दौर में कमलेश्वर ने कहानियाँ लिखनी शुरू की थीं और उनकी कहानियाँ *मांस का दरिया, नीली झील, कस्बे का आदमी, दिल्ली में एक मौत* आज भी मील का पत्थर मानी जाती हैं। प्रस्तुत संकलन में इन कहानियों के अतिरिक्त 106 कहानियाँ और हैं जो कमलेश्वर ने 43 वर्षों के दौरान लिखी थीं जो काल-क्रमानुसार दी गई हैं और साथ ही एक विस्तृत भूमिका है जो उनकी कहानी-कला और कथा-यात्रा को समझने के लिए आवश्यक है।

ISBN: 9788170283935
पृष्ठ: 696

एक सड़क सत्तावन गलियां

"यह मेरा पहला उपन्यास है। लिखा सन् 1956 में गया था, यह उसी समय पूरा का पूरा *हंस* में छपा था। फिर सन् 68-69 या शायद इसके बाद श्री प्रेम कपूर ने इस पर फिल्म बनाई 'बदनाम बस्ती'। मेरे लिए यह उपन्यास उतना ही प्रिय है जितनी प्रिय मेरे लिए मेरी माँ और मेरी जन्मभूमि मैनपुरी। तब यह उपन्यास बदनाम बस्ती के नाम से छपा था। अब तक मेरी ही तरह गर्दिश में चकराता हुआ यह उपन्यास अब अपने मूल नाम से प्रस्तुत है : *एक सड़क सत्तावन गलियां*"

ISBN: 9788170283812

पृष्ठ: 112

आँखों देखा पाकिस्तान

वर्ष 2005 में कमलेश्वर को पाकिस्तान जाने का अवसर मिला, लेखकों के सम्मेलन में। वहाँ रहकर, छोटे-बड़े सभी व्यक्तियों से मिलकर, पाकिस्तानी लेखकों और लेखिकाओं से खुले दिल से बातें करके, वहाँ की सामाजिक एवं आर्थिक स्थिति को देख-भाल कर जो अनुभव उन्होंने प्राप्त किए, उन्हें अपने खास अन्दाज़ में लिखा है। इस पुस्तक का एक विशेष प्रसंग है उन कैदियों के पत्र जो उन्होंने कमलेश्वर को लिखे। जो हिन्दुस्तान और पाकिस्तान की जेलों में कई वर्षों से बन्द थे।

ISBN: 9788170286417

पृष्ठ: 168

प्रमुख स्थानीय व ऑनलाइन पुस्तक विक्रेताओं के यहाँ उपलब्ध या
इस वेबसाइट से मँगवाएँ
www.rajpalpublishing.com

9 789386 534118